dtv

»Eine erfolgreiche, selbstsichere Frau in den besten Jahren, so sah sie aus, meine Pose.« Doch sobald die Schauspielerin die Bühne des Burgtheaters verließ, war sie eine verängstigte, in sich gekehrte Frau. Bis eines Tages ein Südländer in ihrem Stammlokal auftaucht, seine Hand auf ihre legt, bemerkt, wie klein sie ist, sie anschaut – und ab sofort Bewegung in ihr freudloses Dasein bringt...

*Erika Pluhar* war seit ihrer Ausbildung am Max-Reinhardt-Seminar vierzig Jahre lang, bis zu ihrem 60. Geburtstag im Februar 1999, Schauspielerin am Burgtheater Wien. Sie textet und interpretiert Lieder und Chansons, hat einen Film gedreht und mehrere Bücher veröffentlicht.

Erika Pluhar

# Als gehörte eins zum andern

Eine Geschichte

Deutscher Taschenbuch Verlag

Dieses Buch liegt auch im Normaldruck als Band 20174 im Deutschen Taschenbuch Verlag vor.

Von Erika Pluhar sind außerdem erschienen:
Marisa (20061)
Am Ende des Gartens (20236)
Matildas Erfindungen (20429)

August 2002
Deutscher Taschenbuch Verlag GmbH & Co. KG, München
www.dtv.de

Erstveröffentlichung: Wien 1991
Umschlagkonzept: Balk & Brumshagen
Umschlagbild: ›Le peignoir‹ (1890) von Pierre Bonnard
Satz: Kalle Giese Grafik GmbH, Overath
Gesetzt aus der Stempel Garamond (Berthold) 12/14˙
Druck und Bindung: Druckerei C. H. Beck, Nördlingen
Gedruckt auf säurefreiem, chlorfrei gebleichtem Papier
Printed in Germany · ISBN 3-423-25196-4

Es ist lächerlich, dachte sie, aber ich werde es tun. Ich werde unsere Geschichte aufschreiben. Ich werde aus dem, was unwissend, unvorbereitet, haltlos und rücksichtslos gelebt wurde, eine Geschichte machen.

Du wirst staunen, wie sehr ich uns erfinden kann. Und wie ich der Wahrheit dadurch näherkomme. Die Umrisse werden sich klären, heraustreten aus dem Dunst der Gegenwart und Hoffnungen. Eine Insel ist unsere Geschichte, eine Insel, die wir längst hinter uns gelassen haben. Jetzt betrete ich sie wieder, aber besser ausgerüstet als damals. Ich beschreibe sie jetzt. Ich erschaffe uns neu und schreibe eine Liebesgeschichte auf.

Ich weiß, es ist lächerlich. Warum den unzähligen erzählten Liebesgeschichten dieser Welt noch eine hinzufügen. Aber sie zählen für mich. Und ebenso für alle jene, die den Kopf hoch tragen in der Behauptung des Gegenteils. Wir saugen sie auf. Wir wollen gar nichts anderes hören. Wir verrenken unsere Köpfe und Herzen nach ihnen. Eine Liebesgeschichte zu erspähen, macht uns froh. Sogar der Spott darüber hat ein gewisses

Leuchten wie ein heller Windstoß. Nur Liebesgeschichten machen lebendig.

Sie hob den Kopf.

Das ist gut. Ich werde es besser so nennen: eine Geschichte vom Lebendigwerden. Lassen wir den Begriff der Liebe unangetastet. Wir brauchen ihn nicht. Ja, eine Geschichte vom Lebendigwerden, das gefällt mir. Und du wärst einverstanden, denke ich.

Sie hielt inne, tippte gegen ihre Stirn und schüttelte dann den Kopf.

Was hat dein Einverständnis hier zu suchen? Nichts. Ich schreibe auf, was geschah oder was ich geschehen fühlte. Ich hebe unser Getrenntsein auf. Wehrlos wirst du an meine Seite zitiert. Ich werde mit dir umgehen. *Ich* erzähle.

Von ihrer Selbstbehauptung erwärmt, erhob sie sich. Sie streckte beide Arme himmelwärts und dehnte ihren Körper, ein schneller, kräftigender Vorgang. Bei ihr hatte diese Gebärde des über sich Hinauslangens stets einen belebenden Effekt.

Ein plötzlicher Aprilregen strömte in das Ahornlaub vor den Fenstern. Sie nahm das Rauschen wahr, ohne sich ihm zuzuwenden, eher schien es auf seltsam selbstverständliche Weise das langsame Hochsteigen und Herbeiströmen ihrer Erinnerungen zu untermalen.

Ohne sich viel um den ersten Schritt zu kümmern, schrieb sie mit aller Entschiedenheit den lapidarsten aller Anfänge auf das leere Blatt Papier.

Wo lasse ich unsere Geschichte beginnen?

schrieb sie. Und als diese Frage sich aus ihrer Feder gelöst hatte, begann das Regenrauschen und gleichzeitig ein Aufsteigen von Bildern, das Strömen von Erinnerungsfetzen, vergangene Empfindungen zogen auf wie durchleuchtetes Gewölk am Abendhimmel.

Sie lehnte ihre Stirn in die geöffnete Handfläche, als sie weiterschrieb.

Lange Zeit sah ich dich nicht, obwohl wir uns des öfteren gesehen hatten. Ich weiß von diesen Treffen durch deine nachträglichen Schilderungen, du hattest mich bereits deutlich wahrgenommen, als ich deine Person nur als Schattierung oder Färbung der Menschenwand empfand, die mir das Leben verschloß. Ja, Menschen richteten sich damals um mich auf wie Mauern, zwangen mich in vielerlei Formen von Gefangenschaft, umgaben mich bedrohlich. Ich hatte Angst vor Menschen. Wenn die Mauern sich zu öffnen schienen und durchlässig wurden, geriet ich in Hecken und Gestrüpp. Das Menschliche eine unentwirrbare Verflechtung, ein Dickicht unbeugsamer Einzelinteressen, ein Wirrsal aus Verrat und Lüge. Zerkratzt, zerschlissen und verworren verbarg ich mich aufs neue, die glatte, kalte Mauer erschien mir als wohltätiger Schutz. Also baute ich sie mir wieder, diese Wand aus Menschen, die mich vor einer schmerzlichen Berührung mit dem Leben bewahren sollte. Und die gleichzeitig meine eigene Starre hütete, meine Furcht bekräftigte.

Wieso konntest du deinen Beruf ausüben, hast du mich später oft gefragt, wie konntest du in diesem Zustand Schauspielerin sein. Ebensooft habe ich dir zu erklären versucht, daß ich gerade »in diesem Zustand« prädestiniert dafür war, daß ich mich in meinem Beruf sicherer verbergen konnte als sonstwo, daß meine eigene Leblosigkeit genügend Leere in mir erschuf, die der Imagination offenstand. Kein eigenes Erleben hinderte mich daran, Leben zu gestalten. Du hattest immer wieder den Kopf geschüttelt, deine Zuneigung zur Welt des Theaters ließ dir diese Beschreibung der Schauspielerei ungerecht erscheinen. Du liebst die Schauspieler, Südländer, der du bist, siehst in ihnen großherzige, phantasievolle und ungewöhnliche Wesen. Meine Skepsis hatte dich immer bestürzt. Aber! riefst du aus, wenn ich wieder einmal behauptete, in dem Maße aufzuhören, Schauspielerin zu sein, in dem ich begänne, mein Menschsein zu erfahren. Mit der Zeit schwieg ich. Erkannte, daß diese Ablösung ein ebenso einsames und unerklärliches Geschehen darstellte, wie es die Arbeit auf der Bühne für mich zu allen Zeiten war.

Sie hob den Kopf und ließ den Arm sinken, auf den sie ihn gestützt hatte. Ihr Blick glitt durch die Fensterscheibe in das nasse Blattwerk hinaus, um einem inneren Lächeln Raum zu geben. Wie schnell ich in Erwägungen zur Schauspielerei gerate, dachte sie. Und schrieb diesen Satz auch sofort nieder.

Wie schnell ich in Erwägungen zur Schauspielerei gerate. Aber sie gehören zu unserer Geschichte. In unseren Anfängen nistete ich in der künstlichen Wärme des Theaters, und nur damit konnte ich mein eigenes Frieren ausgleichen. Ja, das Theater hielt mich damals am Leben. Ich selbst existierte nur als Randerscheinung meiner schauspielerischen Existenz. Das versinnbildlichte sich mir in den Nächten, wenn ich vor dem Badezimmerspiegel die Blässe meines eigenen Gesichtes aus der Schminke löste und meine Augen plötzlich nicht mehr fand. Indem sie ihre Umrahmung verloren, verloren sie sich selbst. Dieser Blick, mit dem ich mich selbst musterte, fing nichts mehr ein. Es war das blasse und vage Schauen erschrokkener Kinder.

Immerhin war ich in der Lage, das zu erkennen. Seufzend verließ ich mein Spiegelbild und legte mich tief in den Schlaf, den ich traumlos über mich ergehen ließ.

Nicht, daß ich unglücklich gewesen wäre. Nicht einmal das, könnte man sagen. Pflichtgefühl und die Kraft meiner Pose erschufen sehr oft den Eindruck eines lebhaften, interessierten Menschen, ich konnte feststellen, wie meine Umwelt, diese Menschenwand, mich als solchen betrachtete. Eine erfolgreiche, selbstsichere Frau in den besten Jahren, so sah sie aus, meine Pose. Daß ich posierte, wußte ich nicht, zu sehr war ich gezwungen, an das zu glauben, was ich vorgab, während ich es vorgab. Ich gestaltete als gute Schauspielerin. Da der Form meines Lebens jedoch die Vielfalt fehlte, erstarrte sie. Pose ist Erstarrung. Zwar erkannte ich das Vorgegebene meines Lebens, aber nicht, wie sehr es mich als Pose gefangenhielt.

Ich war dabei, zu Stein zu werden, dachte sie, während sie den Fluß des Schreibens unterbrach und sich in ihrem Sessel zurücklehnte. Der Regen rauschte heftiger in die Bäume. Das große Haus, in dem sie alleine lebte, schien um sie ausgelegt als atmende Schleppe. Oft empfand sie dieses Haus als Fortsetzung und Vergrößerung ihres eigenen Wesens. Ich wäre steinerner geworden als dieses Haus, dachte sie weiter. Sogar mein Kinderglaube mit all seinen Erträumungen war dabei zu versiegen. Und es war die Erinnerung an die Träume meiner Kindheit gewesen, die auch die Erinnerung an lebendige Möglichkeiten des Existierens in mir wachgehalten hatte. Ich trug meine Kindergedanken, Kindervisionen, kindlichen Überzeugungen mit mir als Wegzehrung. Und zehrte sie langsam auf. Der erste Satz von dir, den ich mit Bewußtsein vernahm, war, als du mir sagtest, ich wäre sehr *klein*. Aber das gehört zu der Geschichte, ich werde es aufschreiben. Sie beugte sich wieder über den Tisch und das Papier.

Du hattest sicher vielerlei zu mir gesprochen, wenn wir uns in Gesellschaft trafen. In Gesellschaft, das waren die späten Abendessen nach den Vorstellungen. Ich pflegte ein Wirtshaus nahe dem Theater zu besuchen, die hohe und kahle

Gaststube, das kalte Licht aus den Neonröhren an der Decke, die deftigen Speisen – ich schätzte die herzhafte Unwirtlichkeit dieser Lokalität. Wir saßen dort beisammen, Menschen des Theaters, laut und unbekümmert alle anderen, wie mir schien, und nur ich eine ausgesparte Stelle, in die der Strom der Heiterkeiten und Auseinandersetzungen nicht eindringen wollte. Aber ich ließ mir das Gefühl von Absonderung nicht anmerken. Ich hatte gelernt, Munterkeit und lautes Lachen um mich zu drapieren, mein Fremdsein unkenntlich werden zu lassen. Man konnte eine Frau besonders kehlig auflachen hören, sich mit besonderem Heißhunger auf ihr Essen stürzen sehen, besonders angeregt eine Meinung vertreten, und das war ich.

Irgendwann hattest du begonnen, dich unserer nächtlichen Gruppe zuzugesellen. Du wohntest damals eine Gasse weiter in einem der hohen alten Häuser dieser Gegend, und es war dir zur Gewohnheit geworden, an der Theke des Wirtshauses spät noch ein Bier zu trinken. Gern schlenderst du nachts durch eine Stadt, welche auch immer, um dann irgendwo noch ein Glas Bier zu bestellen. Aber das wußte ich damals noch nicht. Es war dein lebhaftes Interesse an der Zunft der Schauspieler, das dich an unseren Tisch zog. Ich weiß nicht, ob du dich mir vorgestellt hattest oder ob mich jemand mit dir bekannt machte. Du warst plötzlich da, als wärst du immer dagewesen, aber nur als Bestandteil dieser Kulisse einer rauchigen Wirtsstube und eines Beisammenseins vielfältiger origineller Menschen, einer davon du. Vielleicht dachte ich das von dir: ein origineller Mensch, aber nicht einmal das ist sicher. Die Runde schien dich bald ins Herz geschlossen zu haben, denn wie ich später selbst erfuhr, hast du eine unglaubliche Fähigkeit, kleine Geschichten so zu erzählen, daß deine Zuhörer vor Lachen fast unter den Tisch fallen, und das gefiel den Schauspielermenschen. Vielleicht lachte auch ich, lachte vielleicht besonders gellend auf, aber zugehört habe ich dir nicht. Nichts lag mir ferner als lustige Geschichten und Amüsement. Ich hielt mich aufrecht, sonst nichts.

Und nun die erste Wahrnehmung deiner Person. Du bist neben mir gesessen in dieser Nacht. Ich hatte bereits einige Gläser Weißwein geleert und verfocht lautstark die Theorie, daß das Theater sich mehr und mehr vom Visuellen überlagern ließe, das Formale den Inhalt erschlüge, und im Inneren meiner heftigen Argumentationen sehnte ich mich nach Schweigen, Absturz und endlichem Ende. Nichts war mir zu diesem Zeitpunkt gleichgültiger als das Formale am Theater, aber ich hielt mich an diesem Gespräch fest wie an einem Brückengeländer, unter mir die Tiefe einer endlosen Dunkelheit.

Ein junger Schauspieler warf mir Konservativismus vor, ich schrie, das sei die billigste Art und Weise, Unvermögen zu tarnen, wenn man das, was man nicht könne, als konservativ aburteile. Den Inhalt lebendig sichtbar werden zu lassen, das sei mordsschwer, nicht aber, ihn ästhetisch zu verpacken. Ich sei zu einseitig, sagte der junge Schauspieler, zu starr. Damit traf er etwas hinter meiner geäußerten Erregung, es war, als geriete die Draperie um mich herum in Bewegung, als wollte sie sich lösen, mich nackt zurücklassen. Schnell griff ich nach meinem Weinglas und trank hastig. Als ich aufsah, geriet ich in deinen Blick.

Er lag warm auf mir, konzentriert und eindringlich. Dein Gesicht und deine Augen lächelten. Und dann sagtest du leise: »Sie sind sehr *klein* ...«

Zum ersten Mal durchbrach etwas von dir Ausgesprochenes meine Indifferenz, ich hörte dich sprechen und empfand gleichzeitig das Gesagte. Es verwirrte mich. Ich wußte nicht, was ich diesem seltsamen Satze entgegnen sollte. Und mehr noch verwirrte mich diese Wärme in deinen Augen. Also zwang ich mich aufzulachen und gab die dümmste aller Antworten: »Hören Sie – ich bin einszweiundsiebzig!« Du lachtest nicht mit, hast nur leicht den Kopf geschüttelt. »Das meine ich nicht.«

Der Ansatz eines Unwillens in deinem Kopfschütteln verstörte mich. Es war mir unklar, warum ich in Sekundenschnelle unter der Empfindung litt, dich enttäuscht zu haben. Dich, dessen Blick und dessen Worte ich zum ersten Male in mein Bewußtsein hatte dringen lassen. Dich, mit dem ich bislang, wenn überhaupt, gesprochen hatte wie eine Schlafwandlerin.

War es Eitelkeit? dachte sie und legte die Feder zur Seite. Sie preßte die Handflächen gegen die Augen, die ihr in letzter Zeit immer schnell ermüdeten. In dieser selbstgeschaffenen Dunkelheit überlegte sie weiter. Hat mir das eindringliche Interesse, mit dem du mich angesehen hattest, zu sehr geschmeichelt, um dann sein Schwinden zu ertragen? Statt dessen trat in deinen Blick eine müde Skepsis, ja, als würdest du denken: diese Schauspielerinnen …

Sie nahm die Hände von den Augen, violette Kreise schienen kurz die Luft zu erfüllen, zwischen den Ahornblättern zu tanzen. Dann waren es wieder die regenfeuchten Bäume, die vor ihrem nachdenklichen Schauen von einem plötzlich aufgekommenen Wind bewegt wurden. Wie ich immer schon unter der Empfindung gelitten hatte, man ordne mich »diesen Schauspielerinnen« zu. Sofort schien mich etwas gegen meinen Willen an der Hand zu nehmen, etwas, das sich leblos anfühlte.

Aber du hast später immer wieder darauf bestanden, das nicht gedacht zu haben, mich in diesem Augenblick überhaupt nicht als Schauspielerin vor dir gesehen zu haben, sondern als ein Bündel von Unsicherheit.

Schreiben, sagte sie sich und nahm die Feder wieder zur Hand. Aufschreiben und nicht nachdenken. Nachgedacht wurde zur Genüge.

Die Lautstärke der diskutierenden Stimmen umgab uns unverändert. Der junge Schauspieler hatte seine Aufmerksamkeit ohne Umschweife von mir gelöst, sich mit ungebrochenem Elan anderen Fragestellungen zugewandt. Ich drehte mein Weinglas zwischen den Fingern auf der Tischdecke hin und her. Deren Muster, auf das ich hinunterstarrte, prägte sich mir plötzlich präzise ein. Grüne Blätter und Rauten auf verwaschen weißem Grund. Es war, als würden sie sich immer dichter ineinanderschlingen, zu einem Dickicht, einer Hecke. Hilflos wurde ich davon festgehalten, konnte meinen Blick nicht mehr heben, der

Schweiß brach mir aus. Ich kannte diese Zustände, ihnen galt meine ganze Furcht. Meist ereilten sie mich durch Ritzen im festgefügten Panzer meiner Selbstdarstellung, wenn ich bei Kleinigkeiten die unaufhörliche Achtsamkeit kurz beiseite ließ. Dann konnte eine winzige Bewegung, ein schwaches Wehen nur, mich zerfallen lassen. Ich stürze, dachte ich, o Gott. Im grünen Geflecht der Tischdecke verschwinden, untertauchen, mich auflösen. Auch meine Hände wurden feucht. Ich gab das Weinglas frei und preßte die Handflächen auf das Tuch vor mir.

Und plötzlich traute ich meinen Augen nicht. Ein weicher hellbrauner Vogel ließ sich nieder, breitete seine warmen Flügel über meinen Fingern aus. Es war deine Hand. Sie lag dann ruhig auf der meinen, und wie aus deinem Blick erfuhr ich aus deiner ersten Berührung vor allem Wärme.

»Was haben Sie?« hörte ich dich behutsam fragen.

Ich schluckte. Mein Mund schien angefüllt mit Elend, und ich schämte mich dessen. Was treibst du nur, sagte ich unhörbar zu mir selbst, ehe ich mich zwang, den Kopf zu heben und zu sprechen. »Vielleicht – habe ich zu viel getrunken.« Ich sah dich an, deine Hand lag immer noch auf der meinen. Eben lachten die anderen Menschen am

Tisch schallend auf, mit der leichten Übertriebenheit aller theatralisch Geschulten. Diese Lautstärke traf mich unvorbereitet, und ich blinzelte erschrocken, als hätte mich jemand geschlagen. Wieder dein fast unmerkliches Kopfschütteln. Aber diesmal war es von einem Lächeln begleitet. Die Wärme zwischen deiner Handfläche und meinem Handrücken verdichtete sich, wurde zu einem Glühen. Es erinnerte mich an Sommersonne auf der Haut, die wohltätige Sonne des frühen Sommers, ehe Hitze ausbricht. Du schienst es auch zu fühlen, denn plötzlich wurde aus deiner Berührung ein Zugriff. Deine Hand umschloß die meine, gänzlich, und du zogst sie und gleichzeitig mich ein wenig zu dir hin. Unsere Gesichter kamen sich näher. »Keine Angst«, sagtest du, immer noch lächelnd. Ich wußte nicht, ob du dich auf mein Erschrecken der plötzlichen Lachsalve wegen bezogst, oder ob –

Sie brach ab. Hast du mich damals schon aufgespürt? dachte sie. Mich schon entdeckt hinter meinen künstlichen Wänden, die Unangreifbarkeit suggerieren sollten? Dahinter schon alle furchtsame Kläglichkeit erspäht? Meintest du bereits meine mich beherrschende totale Angst? Damals schon?

Sie stand auf, dehnte die vom Schreiben starr gewordenen Finger und trat ans Fenster. Der Wind hatte die Wolkendecke entzweigerissen, und eine sehr gelbe Nachmittagssonne fiel in den alten Garten, der noch glänzte vor Nässe. Sie lehnte den Kopf an die Scheibe.

Sobald meine Erinnerung an dich einsetzt, ist sie minuziös. Davor fast nichts. Vielleicht die undeutliche Wahrnehmung deines Gesichtsschnitts, deines Profils. Weil es sich wie das eines heiteren Raubvogels zwischen die anderen schob. Ja, das Unbekümmerte deines Profils vielleicht.

Von dir erzählen kann ich erst seit jenem Abend. Aber mit welcher Genauigkeit jetzt. Dein Gesicht, als du sagtest, keine Angst. Es schien auf mich zuzuspringen, weich und federnd, ohne Hast.

Ihr Atem bildete eine kleine runde Fläche aus Dunst auf der Fensterscheibe. Mit der Spitze des Zeigefingers zeichnete sie einen Kreis darauf. Schon als Kind hatte sie auf beschlagenes Glas am liebsten Kreise gezeichnet. Sie öffnete das Fenster, lehnte sich auf die Brüstung, hielt den Kopf hinaus in die Frische, wie sie nach einem verklungenen Regenguß aus jungem Laub zu steigen pflegt. Sie atmete tief. Sie ließ ihren Blick über die Ahornbäume hinaus in den bläulich aufgerissenen Himmel schweifen und sah ein Flugzeug in großer Höhe zwischen goldgeränderten Wolken verschwinden. Sie seufzte plötzlich, richtete sich wieder auf und ging zurück in das Zimmer, an ihren Tisch. Eine Weile saß sie gedankenlos, in stiller Ausgeleertheit, als wäre auch ihr heftiges Erinnern hinweggeflogen.

Dieses Gefühl von Möglichkeit, das ein sich im Himmel verlierendes Flugzeug bei mir auslöst, immer noch.

Dieser Gedanke war der erste, der sie wieder betrat und ein neuerliches Fließen in Gang brachte. Nochmals seufzte sie auf, kurz und tatbereit, und griff zur Feder. Sie setzte fort bei: oder ob –

– du mir alle Angst auf Erden ausreden wolltest. Ich fühlte nur die ungewöhnliche Nähe deines Gesichtes, so nah, daß ich seinen Geruch wahrnahm, es roch, wie Apfelschalen riechen, die in der Sonne liegenbleiben. Und zwischen unseren Händen immer noch diese Wärme. Mein Erschrecken legte sich nicht, sondern wuchs an zu panischer Furcht. Gerüche, Nähe, Wärme, der Dunst, von einer menschlichen Haut aufsteigend, Augen, so nahe, daß die kleinen Äderchen und der feuchte Glanz der Pupillen wie unter einem Vergrößerungsglas zu sehen sind und sich nichts mehr vor diesen Blick stellen kann, all dies schlug mich in die Flucht.

Ich entzog dir meine Hand und setzte mich wieder gerade an den Tisch. Mit Heftigkeit trank ich den letzten Schluck aus meinem Glas und lächelte dir noch einmal beiläufig zu. Über dieses Lächeln hast du später oft gesprochen. Es hätte dir ins Herz geschnitten wie das letzte Zuwinken eines Menschen, der in ein kaltes und dunkles Haus gezerrt wird, gegen seinen Willen. Du wärst mir gerne gefolgt, das erste Wort bereits auf deiner Zunge, ich möchte mit Ihnen sprechen, wolltest du sagen, aber die Tür fiel ins Schloß. Ich knüpfte bereits an die ernsthaft vorgebrachte Äußerung einer anderen Schauspielerin an und schrie über den Tisch zu ihr hin, daß alle, die Theater machten, auch behaupteten, es ginge ihnen um den Menschen am Theater. Bemerkenswert wäre nur, was sie darunter verstünden, sie solle ein wenig differenzierter darüber nachdenken. Ach du, schrie die schöne, üppige Frau mit den hellblonden Haaren zurück und lachte dabei, laß mich mit deinen ewigen Differenzierungen in Ruhe, ich denke, wie ich will, am liebsten denke ich gar nicht und verlasse mich auf meinen Bauch, der sagt's mir schon, das, was ich brauche, und sie lachte nochmals und schickte mir einen versöhnlichen Kuß aus ihren prächtig geschürzten Lippen herüber. Natürlich wurde ihr von allen Seiten versichert, daß mit so einem Bauche man sich weiß

Gott auf ihn verlassen könne. Um die Anerkennung ihrer schönen Üppigkeit noch zu unterstreichen, tappte ein Kollege sofort nach ihren reichlichen Brüsten, und sie wehrte es lachend ab, wie den Zugriff eines Kindes. Sie spielen wie die Kinder, dachte ich, und ich sehe zu wie eine uralte Mutter. Ich fror, während ich mich dem allgemeinen Gelächter anschloß. Dich sah ich nicht mehr an in dieser Nacht, obwohl es spät wurde, ehe wir alle aufbrachen. Und als ich mich dir zuwandte, um mich zu verabschieden, warst du nicht mehr da.

Ich hatte dein Weggehen nicht bemerkt. Der leere Sessel neben mir starrte mich an als Vorwurf. Ich glaube, daß ich mich auf deine Anwesenheit neben mir verlassen hatte, nachdem ich deiner erschreckenden Nähe entronnen war. Ohne dich zu sehen, vermeinte ich dich neben mir zu fühlen. Daß du unbemerkt gegangen warst, bestürzte mich.

Du wärst müde geworden, erklärtest du mir später, vor allem ich hätte dich müde gemacht, dieser Anblick meiner Tarnung, die mir nur so mühevoll gelang. Es hätte dich plötzlich angeödet, und als ich wieder einmal zuviel lachte, wärst du aufgestanden und weggegangen, ohne dich von irgend jemandem zu verabschieden. An der Theke hättest du bezahlt und noch einmal hergesehen zu mir. Mein Hinterkopf mit den vielen Haaren und die Linie meiner hochgezogenen Schultern wären dir unsäglich traurig erschienen, Schultern wie ein kleines Huhn, sagtest du, und du hättest resigniert mit den deinen gezuckt und das Lokal verlassen. Du wärst fest entschlossen gewesen, keinen Gedanken an mich zu verschwenden, hättest aber nachts von mir geträumt. Diesen Traum habe ich dir nie geglaubt, ein Bilderbuchtraum, sagte ich immer, aber du hast geschworen, so sei er gewesen, ich, klein wie ein Kind, aber das Gesicht meinem Alter entsprechend, hätte in einem Kindersarg geschlafen, du dir den Sarg unter den Arm geklemmt. Dann wärst du mit mir geflohen, flußaufwärts. Aber plötzlich nasses Geröll, du glittest aus und der Sarg dir aus dem Arm und in das Wasser. Schnell trieb er davon, du hörtest mich leise weinen, immer leiser, bis der Sarg hinter der Flußbiegung verschwand.

Was für ein Traum, hatte ich gesagt und gelacht. Ein Bilderbuchtraum, idiotensicher. Meine Ungläubigkeit hatte dich verärgert.

Sie starrte auf ihre Hand hinunter, die die Feder zur Seite gelegt hatte und sich selbst müde neben das Papier. Wieder dehnte sie die Finger, um sie zu beleben, und klopfte leicht auf die Tischoberfläche.

Dabei war es die Erzählung dieses Traums gewesen, die mich lange zurückhielt, dir die Wahrheit zu sagen, als du mich fragtest, wie denn ich mich gefühlt hätte, zu Hause dann. Lange wich ich dieser Frage aus, deines Traumes wegen. Lange nachdem wir jede kleine Schwelle, die wir zueinander hin überschritten, uns im Gespräch nochmals vergegenwärtigt hatten, schwieg ich immer noch über diese Nacht. Ich weiß, wann erst ich dir davon erzählte.

Es war in einem großen dämmernden Hotelzimmer über dem Hafen der alten Stadt gewesen. Der Widerschein des abendlichen Meeres ließ die senfgelben Polsterstühle aufleuchten, als wären sie magische Lampen. Da fragtest du nochmals, deine Hand in meinem Haar, was ich empfunden hätte nach unserem ersten Gespräch. *Gespräch*, wiederholte ich. Und dann erzählte ich es dir. Du strichst weiter über mein Haar.

Sie lehnte das Gesicht in ihre Handflächen, weil sie diese Berührung plötzlich zu fühlen meinte, als geschehe sie ihr wieder. Die Wärme deiner Berührungen, dachte sie, dieser schnelle zarte Griff nach meinem Kopf und in mein Haar. An deinen Berührungen erkannte ich mein Verschlossensein, meine tiefe Unberührtheit, die noch auf kein Anfassen oder Hingreifen reagiert hatte. Deine Hände rührten an mir, von Anfang an.

Sie hob den Kopf wieder. Die Sonne stand bereits tief, die Bäume glänzten, als wären sie aus Messing. Ich werde weiterschreiben, ich werde die Morgenstunden beschreiben, nachdem du mir gesagt hattest, ich wäre sehr klein, und zwischen unseren Händen ein kurzer Sommer entstanden war. Sie griff schnell nach der Feder.

Als wir, die letzten Gäste, das Wirtshaus verließen, war die Nacht sehr lau, und es regnete leicht. Tschau – diesen Gruß rief ich, wie immer laut und lebhaft, den anderen zum Abschied zu, während ich zu meinem Auto lief. Heftig fuhr ich los, verringerte aber nach kurzer Zeit das Tempo und gondelte langsam durch die feuchtglänzende, nächtliche Stadt heimwärts. Meist ließ mich ein absolvierter Theaterabend noch leerer zurück, als sonst Leere in mir war. Meist fuhr ich in solchen Nächten heimwärts, ohne mich selbst zu empfinden, erloschen, nur dunkle Ruhe in mir. Meist betrachtete ich die erleuchteten Gebäude, die Straßenlampen und menschenleeren Plätze dann aus so weiter Ferne, als wäre ich gestorben. Ähnlich der Friede, der mir daraus erwuchs.

Diesmal bewegte sich etwas in mir, schwache Impulse, ein Zusammenziehen und Weiten, eine Atemlosigkeit, die nicht körperlich war. Ich lauschte mit Unsicherheit in mich hinein und zwang mich gleichzeitig, nicht darauf zu achten. Mein Blick lag unbeteiligt und glanzlos wie immer auf den Straßen, in die ich hineinfuhr, um eine nach der anderen zurückzulassen, es war, als blätterten sie vor meinen Augen ab, um sich hinter mir zu häufen, vor mir nur diese eine Spur, der ich zu folgen hatte. Ich chauffierte mein Auto, als würde ich von ihm gezogen. Diesen Automatismus schätzte ich.

Ich hatte längere Zeit zu fahren, mein Haus liegt in einem Vorort der großen Stadt. Als ich in die baumbestandene Gasse einbog, sah ich an ihrem Ende den ersten grauen Schein des Morgens. Immer noch flüsterte Regen in das dunkle Laub. Ich verschloß das eiserne Gartentor schnell hinter mir, ich beeilte mich, in die trockene Wärme und das künstliche Licht meiner Räume zu gelangen. Vom beginnenden Tage wollte ich nichts sehen. Nacht sollte herrschen, so lange wie möglich. Ich drehte alle Lampen an. Wie spät es geworden ist, seufzte ich. Konnte ich doch das Hinüberwechseln in einen neuen Morgen nur in der Ohnmacht des Schlafes ertragen; nichts war so sehr in der Lage, mich verzweifeln zu lassen, als das fahle Licht der Frühe. Warum wohl? hatte ich mich schon oft gefragt. Vielleicht weil es mich so unerbittlich zum Weiterleben aufrief, weil wiederum alle Schonung aufgehoben schien, welche die Tiefe der Nacht mir angedeihen ließ. Immer versank ich in der Nächtlichkeit wie in einem Tod. Mein Schlafraum mit den zugezogenen Läden hielt das Dunkel in den nächsten Tag hinein, solange ich es nicht fertigbrachte, mich ihm zu stellen. Diese Läden hochzustemmen und das Licht auf mich zustürzen zu lassen brachte mir das tägliche erste Erschrecken, die tägliche erste Überwindung meiner Furcht.

Also verdunkelte ich auch diesmal meine Räume und ließ mir von den erleuchteten Kuppeln der Lampen das Anhalten der Nacht vorspielen. Im Schlafrock stand ich vor dem Spiegel und schminkte mich ab. Gebärden, die ich kaum noch bewußt vollzog, so sehr hatten die vielen Jahre sie durch Regelmäßigkeit ritualisiert. Nur zuletzt der Anblick des farblos gewordenen Gesichtes mit seinen verlorenen Augen und die seufzende Erleichterung, es in den Schlaf versenken zu können. Aber diesmal, diesmal starrte ich länger in die Schlünde hinter den blassen Augäpfeln, ich starrte so lange hinein, bis sie sich öffneten, und war mir dabei der Gefährlichkeit dieses Unterfangens wohl bewußt. Ich wußte nicht genau, was ich in meinen

Augen suchte, bis ich das leichte Zittern meines Körpers wahrnahm. Etwas zitterte in mir nach, die Ausläufer eines Erdstoßes, und welche Erdtiefe hatte sich bewegt, ich sah diesen verlassenen Sessel neben mir, und es brannte hinter meinen Blicken, es war das erste Verlassenwerden, der erste Vertrauensverlust, im Urgestein der Seele eingeritzt, du bist weggegangen, unmerklich, verstohlen, du hast mein Gefühl deiner Anwesenheit betrogen, noch der Apfelgeruch deines Gesichtes um mich und trügerisch, wußte ich es doch, Wärme, Geruch, Dunst des Zurückgestoßenwerdens.

Als ich die Tränen in meinen Augen hochsteigen sah, erwartete ich sie bereits, zu sehr hatte ihr Drängen in der Kehle geschmerzt. Ich betrachtete das Überschwemmtwerden der Augäpfel, dann das Überfließen, die Wege der einzelnen Tropfen auf den Wangen, bis sie sich mehr und mehr zu einer einzigen Nässe verbanden. Dann erst, als mein Gesicht vor mir lag wie ein Kiesel unter Wasser, begann ich zu schluchzen. Eruptionen, die meine Gelenke zu lockern schienen, die Gliedmaßen schlugen unkontrolliert gegeneinander, eine fremde Kraft schüttelte mich. Schluchzen, was für ein Wort für diese Gewalttätigkeit.

Irgendwann fand ich mich auf dem gekachelten Boden des Badezimmers wieder, ähnlich erschöpft, unversehrt und triefend wie ein Stück

Wiese nach einem Gewitterregen. Ich rappelte mich hoch, trocknete den Rest Flüssigkeit auf meinem Gesicht mit einem Handtuch ab, eine Geste, sofort wieder so nüchtern, daß ich es selbst verdutzt registrierte. Nichts bleibt am Leben bei dir, murmelte ich, wozu dann. Und ich kroch in das Bett.

Das war es gewesen, was ich dir nicht, oder sehr lange nicht, erzählen wollte. Dieses Weinen. Ob du nun deinen Traum wirklich geträumt oder dir ausgedacht hattest, daß darin das in seinem Sarg vom Fluß davongetriebene Kind ebenfalls weinte, dessentwegen schämte ich mich. Der Übereinstimmung wegen.

Sie stand auf und trat wieder an das geöffnete Fenster. Der Abend blaute jetzt wolkenlos, die Sonne war gesunken. Aus den Bäumen, die in einem leichten Winde rauschten, stieg Dämmerung hoch. Ich muß das Licht andrehen, wenn ich weiterschreiben will, dachte sie. Außerdem habe ich Hunger. Aber noch blieb sie stehen, wo sie war, stand aufrecht am Fenster und sah in den Garten hinunter, in dem die Schatten wuchsen und Dunkelheit aus den Sträuchern zu fließen schien. Damals sah ich diesen Garten nicht, fiel ihr plötzlich ein. Ich wohnte in demselben Haus, zwischen denselben Bäumen, die nur älter und mächtiger geworden sind, und man fand, ich hätte Glück, heutzutage ein so ruhig gelegenes Haus zu bewohnen, jeder sagte es mir, und ich sagte es jedem, aber ich sah nicht wirklich, was mich umgab. Ich verbarg mich hier, ich schloß die Läden, spähte durch die Ritzen, wenn an der Gartentüre geklingelt wurde, tat vorerst so, als wäre niemand zu Hause. Es war niemand zu Hause. Ich war nicht anwesend. Nirgendwo. Tief in mir mußte es wohl noch eine verschüttete Zentrale gegeben haben, die mir den Tagesablauf und Disziplin diktierte. Die Impulse gab, von denen ich weitergetrieben wurde. Hauptsächlich Impulse der Angst, wenn überhaupt irgendwo, dann lebte ich in der Angst.

So wie sie am Fenster stand, hob sie die Arme und dehnte sie, streckte ihren von der Stellung des Schreibens zusammengezogenen Körper hoch hinaus, dabei gähnte sie. Und dieses Weiten ihrer Gliedmaßen, das Aufreißen des Mundes, die wachen Ströme unter ihrer Haut, aus ihrer Kehle, das alles schien gleichzeitig gegen die Starre der Vergangenheit gerichtet.

Bezeichnend, dachte sie, daß ich mich an Jahre meines Lebens kaum erinnere. Und wenn, dann sind es Photographien, die mein Erinnern mit Bildern ausstatten. Ja, photographiert wurde ich immer, in meinen Rollen, für meine Interviews, kostümiert und privat, aha, kann ich also sagen, so war das damals, o Gott, habe ich die Maria Stuart schlecht gespielt, verzweifelt war ich in dieser Zeit, ja, und genau, das war, nachdem ich in das Haus eingezogen bin, mager war ich damals, aber da, da habe ich recht gut ausgesehen, heiterer, war das nicht knapp nachdem ich mich in den Sowieso verliebt hatte und so weiter, bruchstückweise fand ich äußerlich kommentiert, wofür es in meinem Inneren keine Beschreibung gab, kein Bild, keinen Nachhall. Ich hatte gelebt wie eine Bewußtlose.

Diese Feststellung schien etwas auf gültige Weise abzuschließen, sie nickte ihr bestätigend hinterher, ehe sie das Fenster verließ. Eine Bewußtlose, murmelte sie laut vor sich hin, während sie durch die dämmernden Zimmer schritt. Die dunklen Umrisse des Mobiliars waren ihr so vertraut wie die Linien ewiger Landschaften, Hügelzüge vor dem Horizont ihres Lebens. In der kleinen Küche holte sie ein Stück Käse und eine angebrochene Flasche Weißwein aus dem Kühlschrank, drehte das Licht auf und setzte sich an den Tisch. Die Lampe hing tief und beleuchtete nur ihre Hände, die mit Brot und Butter zu hantieren begannen. Seit den Ewigkeiten, die sie auf Bühnen und im Licht erbarmungsloser Halogenscheinwerfer zugebracht hatte, legte sie Wert auf ein mildtätig beschattetes Gesicht, Glühbirnen oder grelle Lampenschirme über dem Auge ertrug sie nicht. Sie hatte sich nicht nur aus dem Licht der Öffentlichkeit zurückgezogen. Ihr ganzes Wesen verlangte nach Schatten und natürlicher Beleuchtung seither.

Bedächtig kauend verzehrte sie schließlich das Käsebrot, trank den Wein in kleinen Schlucken dazu. Wie immer lag der Abend still um ihr Haus gelagert, nur ab und zu ein Auto, das vorbeisurrte. Ich werde weiterschreiben, überlegte sie, ich werde mich in die Lautlosigkeit der Nacht hineinschreiben. Noch bin ich am Rande unserer Geschichte, und ich möchte in sie eindringen. Die Erinnerung ist ein Fluß mit unzähligen Nebenarmen, die unsere Gedanken anlocken und davonschwimmen lassen. Es gilt, sie immer wieder einzuholen.

Schon während sie Teller, Glas und Besteck mit heißem Wasser abspülte, war ihre Aufmerksamkeit wieder auf dem Wege vergangener Geschehnisse. Was geschah nach dieser Nacht, die in meinem großen Weinen gemündet hatte? fragte sie sich. Wo setze ich neuerlich an, um die Geschichte weiterzuführen? Im Rückblick entstehen diese verdichtenden Kürzungen, die einem im Erleben verwehrt bleiben. Leben muß man mit Ausdauer.

Die Erzählung beschert den Genuß der Verdichtung.

Diese Durststrecken kleinlicher Tagesabläufe, wie ich sie in äußerster Trostlosigkeit überstanden habe, schon als Kind, immer sehnsüchtig nach dem Aufflug, der großen Gebärde. Es war wohl diese Sehnsucht, die mich zum Theater gebracht hat. Das Leben in einem Brennglase einfangen. Den Alltag verweigern. Und so verweigerte ich schließlich mein Leben. Sie durchquerte die Räume wieder, diesmal bereits bei völliger Finsternis. Die Tischlampe brannte. Als sie wieder zu schreiben begann, fühlte sie den Widerschein des Lichts auf ihrem Gesicht. Sie schrieb schnell, die Feder knirschte vor Eile.

Am folgenden Tag schlief ich bis tief in den Nachmittag. Nur mein unerbittliches Pflichtgefühl trieb mich schließlich aus dem Bett, das Wissen um meine abendliche, zu erfüllende Funktion auf der Bühne. Sonst hätte mich dieser Schlaf, dessen Tiefe und Reglosigkeit einer geistigen Lähmung glich, weiterhin festgehalten. Ich wollte, daß er mich so hielt, in seiner stummen und dunklen Umarmung. Mit Mühe löste ich mich.

Da stand ich mit der Kaffeetasse in beiden Händen am Küchenfenster und starrte in den trüben regnerischen Sommertag hinaus. Da lag wie immer alles zu Leistende vor mir als endloser Gebirgszug, lichtlos und grau, unübersteigbar, furchteinflößend. Da mußte ich mit tiefen Atemzügen mir bewußt machen, daß ich lebendig war und bei Kräften. Da setzte ich so lange eine Geste an die andere, einen Fuß vor den anderen, bis ich selbst es wieder glaubte, daß ich gehen könne und mich bewegen.

Als ich das Theater betrat, an der Loge des Portiers vorbeieilte, hatte ich mich bereits zu energievoller Selbstbewußtheit hochgeschwungen, zumindest bot ich ein Bild dessen. Ich grüßte heiter, wer immer mir auf den Gängen entgegenkam, erhielt ein lebensfrohes Wort mit auf den Weg, scheußlicher Tag heute, sagte ein Bühnenarbeiter zu mir, als ich meine feuchten Haare schüttelte, ach was, meine strahlende Antwort, hab Sonne im Herzen. Und gleichzeitig lauschte ich ungläubig dieser Floskel hinterher, aber nur den Bruchteil einer Sekunde lang, die Kommentare zu dem, was ich darstellte, ritzten sich kurz und dunkel in ein fernes Bewußtsein, ehe sie wieder entwischten. Im Gegensatz zur Theaterarbeit, bei der man diese Kommentare aufzuspüren sucht, wollte ich sie auch nicht entziffern, da ich mir einbildete, das alles wäre ich. Diese Person, die fröhlich war und sagte, hab Sonne im Herzen, gestaltete ich nicht bewußt, sie war mir notwendig, wie bei Herzstillstand künstliche Beatmung notwendig ist.

In der Garderobe war mein Platz vor dem Spiegel hell erleuchtet, die Schminkstifte und Puderquasten, Tuben und Döschen lagen sorgfältig angeordnet auf einem ausgebreiteten weißen Tuch. Diese hingebungsvolle Vorbereitung rührte mich immer wieder, gerade ihrer Selbstverständlichkeit wegen. Hatte für mich die Feierlichkeit, wie ich sie als Kind in der Kirche empfand, wenn vor Beginn der Messe ein lautlos hantierender Küster die Geräte auf dem Altar noch ein letztes Mal zurechtschob, ihnen eine, wie mir schien, höhere Ordnung zuteil werden ließ. Und ich fühlte mich aufgerufen, mich demgemäß in priesterlicher Gefaßtheit vor den Schminktisch zu setzen, nachdem ich meine Kleidung abgelegt und mich in meinen veilchenblauen Kimono gehüllt hatte. Ich hielt meinen Oberkörper in sehr bewußter Weise aufrecht, band mir das Haar aus dem Gesicht und griff mit einer ersten würdevollen Gebärde nach dem Cremetiegel, die andere Hand trug mit zeremonieller Genauigkeit die Farbtönung auf, langsam begann mein blasses Gesicht zu erglühen. In gleicher Weise wich die mir innewohnende beständige Fassungslosigkeit einer entschiedenen Kontur.

Das Auge erstand mir zwischen dunklen Umkreisungen und Schattierungen, der bleiche Lippenrand formte sich in ein kräftiges Geschwungensein, wurde Mund. Ich nahm Gestalt an. Langsam schaute ein immer deutlicher gezeichnetes Wesen aus dem Spiegel zu mir her, ein Wesen, das seinem Schicksal entgegengehen würde, ohne die Hinfälligkeit dieser Welt zu berühren, ein Wesen, meiner Gestaltungskraft unterworfen und den Gesetzmäßigkeiten geformter Visionen. Ich nahm reinere Gestalt an, als das leibhaftige Existieren mir je an Gestaltung zu bieten schien, das tiefe kindliche Ungenügen an allem, was man mir an Menschlichem vorweisen konnte, hatte mich folgerichtig in die Welt der Imagination getrieben, schon als Kind, bei den von mir geleiteten Spielen, erschuf ich Figuren, beatmete sie, indem ich meinen kleinen Spielgefährten Richtlinien gab, die meiner sehr genauen Vorstellung entsprangen, du bist ein unglücklicher Jäger, ich befahl es nahezu, eine innere Autorität schien mich dazu anzuhalten, du bist ein unglücklicher Jäger, der im sibirischen Urwald lebt und keine Tiere mehr töten möchte, und du, Hilde, bist die Königin der Farne, was sind Farne, fragte Hilde, sei nicht so blöd, die schönen großen Blätter im Wald sind Farne, und ich bin also der sibirische Zauberer Krapotschkin, Krapotschkin, kicherte Hilde, was für ein Name, ein russischer Name natürlich, du bist wirklich ungebildet, und

Hilde schwieg betreten, während ich meine Entwürfe einer mir gemäßen Welt weitertrieb. Meine Entschlußkraft im Erfinden war beeindruckend, die Kinderschar hielt sich an mich, ich führte sie, wir durchquerten hingebungsvoll, schaudernd und atemlos ein anderes Universum. Mit hochroten Wangen und einem Glänzen im Blick, der noch in fernen Landschaften zu ruhen schien, zwang uns der dämmernde Sommerabend, den Rufen der Mütter zu gehorchen und zurückzukehren an den sattsam bekannten Familientisch.

Alle meine Freunde aus Kindertagen hatten Jahre später, in gleicher Weise wie ihre Eltern, diesem Tisch und dem dazugehörigen Bett zu huldigen begonnen, für sie sind unsere Reisen Ausflüge in die Welt der kindlichen Phantasie geblieben. Ich aber bin auf diesen Wegen weitergelaufen, bis heute, dachte ich, bis hin zu dem Gesicht vor mir im Spiegel, das auf verwaschene Weise meines war und jetzt mehr und mehr Form gewinnt. Ich male mir für drei Stunden ein Leben in dieses Gesicht, ein Leben, das mich weitaus mehr interessiert als das mir persönlich vorgegebene, diese engen, läppisch übertriebenen Tage mit sich selbst, und dazu die ewige Angst. Ich ängstige mich nicht auf der Bühne.

Diese Wendung in meinen Gedankengängen war es, die mich zwang, plötzlich an dich zu denken. Es war Zwang. Ich wurde von dir überfallen, zur Rede gestellt. Wehrlos gab ich Rechenschaft und Erklärungen ab, die priesterliche Stille des Garderobenraumes schien zerrissen zu werden von den Argumentationen hinter meiner Stirn. Dein Eindringen verärgerte mich, aber ich gab ihm nach. Die Pfingstrosenfarbe auf meinen Wangenknochen geriet mir zu heftig, ich führte den Pinsel jetzt im Rhythmus der Sätze, die ich deiner gedanklichen Anwesenheit entgegenwarf, und schleuderte mir das Rot förmlich auf die Wangen. Keine Angst, das kann man leicht sagen, schrie ich dir zu. Ja, ich ängstige mich nicht auf einer Bühne, eingewoben in das Konzept präzisierter Vorstellungswelten. Komisch, werden Sie sagen, mit diesem gewissen leichten Lächeln, das irgendwo hinter Ihren Augen zu entstehen scheint, komisch, ich dachte immer, man hätte Angst davor, sich auf der Bühne zu stellen, da wird so viel über das sogenannte Lampenfieber gesprochen, aber ja, antworte ich Ihnen darauf, ja, das Lampenfieber, es hat mit dem nichts zu tun, was mich innerhalb meines eigenen Lebens in Angst versetzt, es ist eine Art Fiebrigkeit des Augenblicks, eine überhitzte Furcht, die so schnell erkaltet, wie das Fallen des letzten Vorhangs den Abend beendet. Rückblickend kann man das Getane kaltblütig beurteilen, Unzufriedenheit oder

Verärgertsein kann einem eine Weile hinterherschleichen, aber nichts ist so endgültig Vergangenheit als ein vergangener Abend im Theater. Und es gibt keine Gegenwart, die so brennend am Leben ist, so absolut im Jetzt zu Hause wie das Geschehen eines Theaterabends. Was wissen Sie von der Lust des Augenblicks, was weiß irgendwer davon, der nicht auf der Bühne stand. Ihr alle habt ein ebenso kümmerliches Dasein wie ich, und ihr alle hechelt nach einer Größe, oder besser nach einer Vergrößerung. Sie doch auch, aber was, ich lasse Ihre Ironie nicht gelten. Wenn ich auf der Bühne mein Gehirn, meine Emotion, meinen Körper mit seinen kleinen Gesten und sinnbildhaften Haltungen, wenn ich auf der Bühne das alles in den Dienst einer Darbietung stelle, die sich nicht darbietet, sondern behält, ach Gott, sicher verstehen Sie kein Wort, aber egal, dann bin ich unter dieses Vergrößerungsglas geraten, dann kann ich die Dimension des Menschseins besser ertragen.

Sie hielt inne. Nachdem das Geräusch der über das Papier dahineilenden Feder verstummt war, empfand sie die Stille des Abends fast als Überraschung. Wie die Schweigsamkeit ihres Hauses sie immer wieder wohltätig überraschte, auch die seiner Umgebung. Als hielte ein Bannkreis das

Lärmen der Stadt von hier ferne, die großen Gärten und alten Häuser verharrten in ihrer aus einer anderen Zeit herüberreichenden schweigenden Ruhe, zum Trotz, wie ihr scheinen wollte.

Aber nicht das bedachte sie jetzt, sondern die letzten Sätze, die sie niedergeschrieben hatte. Dann kann ich die Dimension des Menschseins besser ertragen. So war es. Mein eigenes kleines menschliches Leben zählte nicht für mich, bedeutete mir Ödnis. Ich litt an der Dürre der Tage. Konnte sie nicht blühen machen. Nur im Schauspiel, im zur Schau gestellten Spiel also, Weiterführung der kindlichen Versunkenheiten, herrschte für mich konzentriertes Dasein. Deshalb diese vehemente Heftigkeit des ersten inneren Gesprächs, das ich mit dir führte, sommerliches Regenrauschen und Abenddämmerung vor den Fenstern der Theatergarderobe, mein Gesicht halb geschminkt, die Stifte und Pinsel in meinen Händen zitternd. Wie viele solcher innerer Gespräche, wie ich sie nannte, sollten noch folgen. Unsere Auseinandersetzungen schienen sich nie zu erschöpfen, sie provozierten auch späterhin ein endloses Weiterführen der Argumentationen in meinem einsamen Kopf, in dem wir beide einträchtig zu sitzen schienen, vertieft in Rede und Gegenrede. So lernte ich durch dich, mich beim Wort zu nehmen. Ja, nicht mir die Worte zu nehmen, sondern mich beim Wort, genau. Du, der du so davon eingenommen warst, daß ich Schauspielerin war, ein so schöner Beruf für einen Menschen, sagtest du, und meintest es mit aller Üppigkeit deines Wesens, du warst es dennoch, der früher als alles andere begann, mich aus der Schauspielerei zu ziehen. Da du mich ins Gespräch gezogen hast.

Sie beugte sich wieder über den Tisch, hin zum Lichtkegel der Tischlampe, der eine inselhaft erleuchtete Fläche in der Finsternis der frühen Nacht erschuf. Weiterschreiben, dachte sie. Also. In den Garderobenspiegel hinein hatte ich dich angeschrien, weil du am Abend davor zu mir gesagt hattest: keine Angst, und weil ich mich jetzt, wie immer im Theater, angstfreier fühlte, was meinen Zorn schürte. Und weil dein heimliches Weggehen noch immer seltsam in mir brannte. Natürlich war das der Hauptgrund. Also weiter.

Als die Friseuse mit einem langgezogenen, fröhlichen »Guten Aaaaabend« die Garderobe betrat, konnte ich mich der zitternden inneren Heftigkeit nicht so schnell entwinden, wie ich gerne gewollt hätte. Sie stand hinter mir und lachte in mein Spiegelgesicht hinein. »Was ist denn heute mit deinen

Wangen los«, sie schien zu jubeln vor Vergnügen, »du spielst doch keinen Indianer.« Sie war eine heitere, sehr magere Frau, roch immer stark nach Zigaretten und entblößte beim Lachen überaus große, gelbliche Zähne. »Ja, das ist mir zu rot geraten«, murmelte ich und begann das Rouge zu überpudern, während sie sich mit meinem Haar beschäftigte. »Geht's dir nicht gut?« fragte sie noch mit einem kleinen Seitenblick, aber nachdem ich abwehrend den Kopf geschüttelt hatte, begann sie über Ereignisse des Theaters zu sprechen, wie alle am Theater mit dieser Hingerissenheit, als ginge es um Themen, die die Geschicke der Welt ausmachten. Ich schwieg, weil die Hantierungen ihrer behutsamen Hände in meinem Haar mich entspannten und ich dieser Entspannung mit Erleichterung nachgab. Ich fühlte, daß du wieder aus meinen Gedanken schwebtest und dich verlorst, wie einen aus der Umlaufbahn geratenen Flugkörper sog dich kosmische Ferne auf.

Auch als ich eine halbe Stunde später auf der Bühne stand, konnte ich meine Konzentration unbehindert entfalten, du berührtest mich nicht. Seltsamerweise. Denn was ich nicht wußte, war, daß du an diesem Abend im Zuschauerraum gesessen bist, Teil des Publikums, dessen atmende Anwesenheit warm und seufzend zu mir heraufschlug. Du mußtest mich mit einer drängenden

Aufmerksamkeit betrachtet haben, jedenfalls hast du es mir später so beschrieben, aber ich fühlte es nicht. Ich fühlte das riesenhafte dunkle Auge des Publikums auf mir, wie an jedem anderen Abend auch, ich ging mit diesem Wesen um, zu dem die vielfältigen Menschen vor einem verschmelzen, immer ein Wesen ganz eigenwilliger und unverwechselbarer Struktur. Jeder Theaterabend hat sein Publikum, sie gleichen einander ebensowenig, wie es die einzelnen Menschen auf ihren Sitzen tun. Heute sind sie dumm, pflegen die Schauspieler zu sagen, oder: toll sind sie heute, oder: die schlafen. Bei kurzen Begegnungen hinter der Bühne wird der Zustand dieses Wesens Publikum stets nebenbei und erbarmungslos benannt. Wenn so mancher gähnende, seine Wange kratzende oder seine Schuhe mit den Füßen suchende Mensch in der ersten Reihe wüßte, wie sehr die Schauspieler ihn wahrnehmen, er würde sofort aufhören, sich im Schutze des abgedunkelten Zuschauerraumes geborgen zu fühlen.

Du bist nicht in der ersten Reihe gesessen, aber doch der Bühne sehr nahe, und du hattest mich zum ersten Mal so vor dir gehabt, in mein Spiel vertieft. Oft hast du versucht, mir die Empfindung zu beschreiben, die dich dabei überkam. Da du in das Theater hineingegangen warst, um mich zu sehen, mit dem alles andere ins Nebensächliche rückenden Wunsch, die verängstigte, verwirrte Person des gestrigen Wirtshausabends heute sich auf der Bühne behaupten zu sehen oder nicht, warst du übermäßig angespannt bei deinen Beobachtungen. Ich habe richtig geschwitzt, hast du gesagt. Du warst nicht in der Lage, mich in das Bühnengeschehen einzuordnen, denn du schautest mich an, mich, die Frau von gestern, die ihre zitternden Hände flach auf den Tisch pressen mußte, um sie zu beruhigen. Du trautest meiner Sicherheit auf der Bühne nicht, hast ständig den Zerfall erwartet. Und zum ersten Mal konstatiert, was du mir späterhin, nach jeder anderen Bühnenarbeit, in der du mich sahst, fast triumphierend sagtest: Du hast dich wieder an die Wand gelehnt. Du meintest, ich würde auch in jeder meiner geschaffenen Figuren Halt suchen oder mich gegen die Eingrenzung der Welt stemmen, ob mir das bewußt wäre? In jeder Rolle machst du das, du schaffst es jedesmal, Stellungen zu finden, die deinen Körper gegen Wände pressen, als wäre die Bühne in Rotation und du von der Fliehkraft dorthin getrieben. Anfangs hatte ich aufgelacht und mich dagegen verwahrt, aber was, ich habe mich nicht wieder an die Wand gelehnt, was für seltsame Beobachtungen sind das überhaupt, sag mir lieber, wie's dir gefallen hat, wenn ich mich vielleicht auch einmal gegen die Wand gelehnt habe, so hab ich den Abend lang schließlich noch eine Menge andere Dinge getan, sprich mal darüber, ich fing sogar an, mich zu ärgern. Aber später verstand ich langsam, was du gesehen hast, verstand ich die Tiefe deiner Aufmerksamkeit. Sie durchdrang die Hülle meiner schauspielerischen Fähigkeiten und fand dahinter ebenfalls mich, mit all meiner Beunruhigung.

An diesem Abend, an dem du mich zum ersten Mal auf der Bühne sahst, wußte ich nichts davon, daß deine Augen unablässig an mir hingen, ich fühlte mich undurchschaubar und geschützt hinter dem, was ich herzeigen wollte. Meine Konzentration verlor nicht an Kraft, mir schien, als schritte ich kräftig aus, durchquerte die Abfolge der Szenen ohne falsche Anstrengung, von einem mühelosen Einsatz durchdrungen. Ich bewegte mich in den heißen Lichtbahnen, die mir vertrauter schienen als jegliches Licht auf Erden und wie ein Kokon meine Einsamkeit umschlossen, der ich mich ergab, ohne zu leiden. Ich legte mein Bild in vielerlei Augen, nicht festzuhalten wie jede Gegenwart. Ja, die Einsamkeit des Gegenwärtigen, das sich mitteilt, ist unermeßlich, und ich genoß den Aufenthalt in einem Jetzt, in dem ich flog wie ein abgeschossener Pfeil. Nichts konnte ihn aufhalten, er war unberührbar. Ich war unberührbar, ich existierte über den Köpfen der Menschen, ein anderes

Denken trieb mich an, ich bin nicht von eurer Welt, ich zeige euch das Wunder des Vergleichs. Und ich wußte nicht, daß irgendwo in dieser Dunkelheit vor mir sich dein Geruch, dein Atmen mit dem der anderen mischte und du mich aus erschrockenen Augen anstarrtest, mein Spiel an diesem Abend hätte dich erschreckt, du hast immer wieder versucht, mir zu erklären, warum. Zum ersten Mal an diesem Abend selbst.

Als ich nach der Vorstellung das Theater verließ, vorbei am Bühnenportier, den ich wieder mit einem glockenhellen »Gute Nacht« bedachte, strebte ich wie gewöhnlich in Richtung des alten Wirtshauses, die Vorfreude auf ein Glas Weißwein schon meinen Gaumen füllend. Es hatte aufgehört zu regnen, die Reihe der Lindenbäume auf der anderen Straßenseite duftete durch die feuchte sommerliche Nacht. Ich wartete, bis einige Autos auf der immer noch nassen Fahrbahn vorbeigezischt waren, und überquerte sie dann. In den Pfützen wiegte sich der Widerschein der Straßenlampen, zitternde Linien aus Licht waren um mich ausgebreitet. Drüben, unter den Bäumen, lag der Gehsteig im Dunkeln, deshalb sah ich dich nicht gleich. Was ich aber sofort hörte, war dein leises »Hallo«, und ich wußte auch im selben Augenblick, daß du es warst, der zu mir sprach. Hallo, dieses kleine hallende Wort, nach beiden

Enden hin geöffnet, nichts als Durchgang, wie oft es gebraucht wird, hallo, was sonst sollte man sagen, einander anzurufen, anzuklopfen an dieser anderen fernen Wesenheit neben einem, also »hallo« sagte auch ich, und wir standen uns im Nachtschatten der Lindenbäume gegenüber. Langsam nahm ich dich aus, den Umriß deiner Gestalt, ein hellerer Widerschein auf deinem Gesicht. Und in der Tiefe deines Blickes das Lächeln, ein Lächeln, das nicht vom Gesicht Besitz ergriff. Mir fiel auf, daß deine Augen sehr dunkel waren. Im Gegensatz zu dir ertrug ich das zwischen uns entstehende Schweigen nur kurz, ich war es, die in keckem Ton eine in dieser Stadt gebräuchliche Buchstabenfolge von mir gab, die jedwede Aufforderung beinhalten kann. »Na?« sagte ich, und es sollte heißen: bitte nicht schweigen, sagen, was zu sagen ist, und nicht näherkommen durch eine seltsame Stille hindurch, sondern fernbleiben kraft des Tatsächlichen. Du schienst nicht gewillt, mir schnell Folge zu leisten, deshalb fügte ich ungeduldig und ein wenig atemlos hinzu: »Was gibt es?« und bemühte mich dann, die läppische Frage durch ein Auflachen zu mildern. Jetzt erst warst du bereit, mich zu erlösen, meine Befangenheit zu durchbrechen, diese Frau, hättest du angeblich gedacht, schon wieder so unruhig, warum nur kann sie nichts zulassen, zerbricht sofort das spiegelnde Wasser, diese letzte Wendung hatte mir gefallen, als du deine Gedanken beschriebst, zerbricht das spiegelnde Wasser, dein Mut zu solcher Formulierung, die außerhalb des Sprachgebrauchs lag, und deine Selbstverständlichkeit dabei, hatte mich von Anfang an betört.

Betört, dachte sie, was für ein Wort, und wollte es schon streichen, mit einigen Federstrichen vernichten, und ließ es dann doch auf dem Papier stehen, betrachtete es genauer. Mit aufgestützten Ellbogen grübelte sie dem Wort hinterher. Betört, warum eigentlich nicht, töricht war meine anfängliche Hingegebenheit an dich, unsagbar töricht. Andererseits brauchte es die Macht einer Betörung, mich hinzureißen, meine Starre aufzulösen. So gesehen warst du betörend für mich, ja, betörend vor Leben.

Sie rieb mit den Handballen ihre Augen, ich brauche dringend eine Brille, dachte sie nebenbei, wie so oft in letzter Zeit und mit der gleichen Entschlußlosigkeit, denn das Reiben schien ihren Blick wieder erfrischt zu haben. Es mußte spät sein, die Lautlosigkeit der Nacht stand um sie in tiefstem Violett. Ja, die etwas wilde Behandlung ihrer Augen hatte diese Farbe aus der Finsternis wachsen lassen, jetzt stand ihr Tisch mit seiner erleuchteten Schreibfläche in einer dunkelvioletten Grenzenlosigkeit da, es schien ihr, sie müsse sich an ihm festhalten, um nicht aufgesogen zu werden. Oder loslassen und entschweben. Sie räusperte sich, das fiel in die Stille wie ein Stein. Aber sie erschrak nicht. Der Umgang mit den Nächten war ihr mittlerweile tröstlich und vertraut geworden. Ich habe die Nacht erlernt, dachte sie, wiege mich in ihr. Sie hat für mich ihren Schrecken verloren. Und wie um das zu bestätigen, räusperte sie sich nochmals, lauter diesmal, es hallte durch den dunklen Raum. Sie beugte sich wieder über das Papier und griff zur Feder. Betört. Also lassen.

»Ich war heute im Theater und habe Sie gesehen«, sagtest du jetzt. Mir wurde schwach in den Knien, immer bestürzte es mich, wenn sich aus der unbenannten Zusammenballung eines Publikums individuelle Erscheinungen lösten, sie schienen mir plötzlich gefährlich, das Urteil eines einzelnen konnte treffen und schmerzen, ich spielte nur für diese dunkle Masse vor mir, das Wissen um die Anwesenheit von Menschen, die ich kannte, irritierte mich. Sag mir nichts, schrie ich meist, wenn die anderen Schauspieler berichten wollten, wen sie vor Beginn durch den Vorhang im Zuschauerraum erspäht hatten, sag mir nichts, das interessiert mich nicht! Was ist denn, sagten sie dann meist und lachten, ist doch viel schöner, für jemanden zu spielen. Ich schüttelte den Kopf, es war mir unmöglich, dieses Bedürfnis zu teilen. Im Gegenteil, ich konnte nicht für jemanden spielen, es engte mich gräßlich ein, sofort die Last einer Verpflichtung, der Zwang zu einer Leistung über mir, sofort meine Direktheit brüchig, die Konzentration zerschlagen. Ich brauchte die freie Luft der Anonymität, nur Fremde vor mir, ein riesiges Paket in sich verschlungener Existenzen, die mich nichts angingen, persönlich nichts angingen.

Jetzt hattest du dich herausgelöst aus dieser Verschlingung, standst vor mir als feindlicher Späher, als Bedrohung. Blitzartig fuhr mein Erinnern über den heutigen Abend hin, um ihn zu überprüfen. Und blitzartig schämte ich mich, fand unzählige Schwächen und Fehlleistungen heraus, mein Rückblick gebärdete sich gnadenlos. Dein dunkler Umriß vor mir schwoll an, wurde zur riesenhaften Verurteilung, die über mich kommen und mich erschlagen würde. »So?« sagte ich schließlich beiläufig, aber meine Stimme verriet mit Sicherheit, wie sehr ich dich plötzlich fürchtete. Du hättest geglaubt, ich würde vor dir weglaufen, hast du mir später erzählt, deshalb wohl nahmst du übergangslos meine Hand in die deine, als wolltest du mich festhalten. »Sie haben mir gut gefallen«, sagtest du, diesen Allerweltssatz, auf den hin jeder Schauspieler mit müder Bitternis zu lächeln pflegt, ich stöhnte leise auf, aber du fuhrst fort, ohne mich zu beachten: »Ja, Sie haben mir gefallen, ich habe Sie wiedererkannt«, was soll das denn heißen, dachte ich erbost, er kennt mich nicht, wie will er mich wiedererkennen, und außerdem ist das doch wohl nicht Sinn der Schauspielerei, ich sollte seine Hand abschütteln und mich verabschieden, »und Sie haben mich maßlos erschreckt.« Jetzt lachte ich schrill auf: »Wieso denn das?« Du nahmst mich unter den Arm und fragtest, ob ich ein Glas mit dir trinken würde. Ich lauschte noch verwirrt meiner lauten Stimme hinterher, es hatte geklungen wie ein Aufschrei, und ich schämte mich neuerlich und nickte deshalb, ohne zu überlegen, einfach, um mich selbst da unter den Bäumen stehenlassen und vergessen zu können. Du zogst mich weiter, wir gingen langsam in die Richtung des Wirtshauses. Immer wieder fuhren Autos an uns vorbei, es roch nach warmem, feuchtem Asphalt, ein Geruch, der aus nicht näher zu bestimmenden Gründen stets Bilder der Kindheit vor mir auferstehen läßt, oder sind es nicht einmal Bilder, nur das Gefühl von Kindheit, Huflattichblätter am Rande der Straße oder meine kleine nackte Fußsohle, die runde Kiesel wohlig empfand, in jedem Fall Eindrücke eines Vorstadtkindes, zu Zeiten, da Stadt und Land noch unbesorgt ineinandergriffen. Ich hatte plötzlich diesen Kindergeschmack in mir, er beruhigte meine Verängstigung. Mir war, als ginge ich mit dir den schmalen asphaltierten Weg hinter den Bahnschienen entlang, Lindenbäume hatte es dort auch gegeben und hinter Drahtzäunen schäbige Gärten, üppig verwahrlost. Ich bezwang meine Lust, dir davon zu erzählen, da du doch ohne dein Wissen mit mir dahingeraten warst. Dein Profil neben mir schien von anderen Vorstellungswelten besetzt, ich sah, daß du nachdachtest. Also gingen wir schweigsam weiter. Was aber wieder wirksam wurde, war die Wärme deiner Hand, sie schloß sich fest um meinen Unterarm, und die Haut darunter glühte auf. Diese Hand baut ihr Nest auf mir, dachte ich. Und ich ließ meinen Arm regungslos abgewinkelt, um dieses warme Nest nicht zu vertreiben.

Vor der Türe zum Wirtshaus standen alte Oleanderbäume in Kübeln, bildeten eine Art Abgrenzung zur Straße hin. Zwischen Hauswand und Oleanderzaun hatten einige Gartentische mit dazugehörigen Stühlen Platz, immer wurde sommers dieser klägliche Vorgarten errichtet. Es saß da selten jemand, die Nähe der Fahrbahn, die ständig vorbeisausenden Autos, der Staub der Stadt, das alles überließ diese Stätte einer trüben Unwirtlichkeit, die kaum ein Mensch mit ihr teilen wollte. Aber heute, in dieser sanften Nacht, wollte ich eben den Mund öffnen, als du mir meine Frage vorwegnahmst: »Bleiben wir draußen?«, du wandtest dich dabei mir zu, aber ohne meinen Arm loszulassen. Ich nickte sofort, und da erst lösten wir uns voneinander, um uns an einen der Tische zu setzen. Auf den aus Holzbrettchen gefügten Sitzflächen der grüngestrichenen Stühle standen noch Tropfen, du fegtest sie mit deinen bloßen Handflächen hinweg, diese unbekümmerte, fast ein wenig wilde Gebärde geschah so schnell wie ein unvermutetes Windwehen, das Hinwegsprühen der Wasserreste um dich, vom Licht der Straßenlampen glitzernd vermehrt, geriet zu einer Aura, in der du mir erschienst, ja, mir erschienst, ich starrte dich an wie eine Erscheinung. Du merktest es, als ich mich nicht setzte. »Was ist los?« fragtest du lächelnd, aber da schüttelte ich nur den Kopf und setzte mich. Du nahmst mir gegenüber Platz.

Wir riefen nicht nach der Wirtin, sondern stützten in einer wie verabredeten Gleichzeitigkeit die Arme auf dem Tisch auf, beide ein wenig vorgebeugt, und starrten uns an. In mir noch das Starren der Erkenntnis, daß du mir gefielst, daß du mir gefielst, ich konnte es nicht fassen, das blitzartige Entstehen dieser Empfindung hatte mich überrumpelt. Und du starrtest mich ebenfalls an, aber eher aus einer Fülle innerer Gedankenbilder heraus, die du mit mir zu vergleichen schienst.

»Wissen Sie«, sagtest du schließlich, »ich liebe das Theater, in meiner Heimat habe ich viele Freunde unter den Schauspielern, wir sind ein theatralisches Volk, man ißt abends ein großes Beefsteak, und dann fängt das Stück an, die Leute spielen wie die Teufel, das geht wie von selbst, ich treffe die Schauspieler hinterher, man umarmt einander und lacht, sie waren und sind mir nicht eine Sekunde fremd, die Bühnengestalten leben in ihnen weiter, wenn sie hinterher Wein trinken, das Ganze ist eine Einheit, verstehen Sie –« Du schautest mich fragend an, aber mein Blick hing reaktionslos an dir. Also fuhrst du fort. »Am Wirtshaustisch, unter Ihren Schauspielerkollegen, war ich der Überzeugung, es müsse hierzulande auch so sein, alles schien mir vertraut. Aber bei Ihnen –«, er stockte kurz, »– bei Ihnen hat mich eine Diskrepanz erschreckt.« Er schwieg. Wir schwiegen beide. Dann nickte er. »Ja, das war es«, sagte er leise, »eine Diskrepanz. Sie suchen Zuflucht auf der Bühne. Ihre Lebensenergie scheint nur dort wirksam zu werden. Das ist erstaunlich.«

Ich bin in die dritte Person geraten, lachte sie plötzlich auf. *Er,* sagte ich plötzlich von dir. Es mußte so sein, in dieser Phase der Geschichte, die ich erzählen will, mußte mir dieser Fehler unterlaufen. Ich werde ihn nicht korrigieren. Du wurdest *er* für mich, er, dieser Mann mit den großen warmen Handflächen, er, der mir im Ton eines bewundernden Staunens die Hölle meines Lebens zu erklären begann. Wie ich dein Gesicht noch vor mir sehe, nein, sein Gesicht, das mir mit einer so verläßlichen Direktheit zugewandt war, kein Abweichen des Blicks, abweichend vor jeder inneren Anforderung, wie mir Blicke bislang vertraut waren. Du wurdest *er* für mich, er, der Mann, genau zu diesem Zeitpunkt, als ich dich mit aufgestützten Armen anstarrte, zu dir hingeneigt, nicht mehr erschreckend vor der Nähe deiner Haut, dem Glanz deiner Pupillen. Ich weiß nicht, ob ich dich damals schon begehrt habe. Aber ich fror nicht mehr, mein Körper fühlte sich warm an, gewärmt.

Die Tiefe der Nacht schien ihre Wachheit zu nähren, sie vibrierte vor Lust, weiterzuschreiben. Also lassen wir die dritte Person kurz erschienen sein.

Ihre Feder eilte weiter, leise knirschend.

Deine Worte trafen, ohne daß du es wußtest. Aber an diesem späten Abend neben den Oleanderkübeln ging ich auf das von dir Gesagte nicht ein. Mir schien, daß meine Bestürzung darüber mich ablenken könne von der Hinneigung zu dir. Mein erstarrtes Lebensgefühl regte plötzlich weiche Fühler, von denen ich nichts mehr gewußt hatte, und ihnen galt meine Aufmerksamkeit, sie sollten nicht wieder zurückzucken und verschwinden, im Gegenteil, ich wollte diese Fühler noch näher an dich hintreiben, wollte dich mit ihnen berühren.

»Warum leben Sie hier?« fragte ich dich, es war die erste Wortbrücke, die ich schlug, und ich sah in deinen Augen, wie sie dich erreichte. Dein Blick schien nach ihr zu fassen, um sie nicht abgleiten zu lassen.

»Ich lebe nicht hier«, sagtest du, »ich bin nur hier. Für eine Weile.« Und es genügte. Nichts in mir drängte nach genauerer Auskunft, ich bin hier, für eine Weile, es klang unabwendbar und nach Verheißung, erklärte mir dein Hiersein zur Gänze. Ich nickte und schaute dich weiterhin unverwandt an.

Dein Gesicht war plötzlich wieder so klein, hast du mir später beschrieben, so klein und nackt. Ich wußte in diesem Augenblick nicht, wie mein Gesicht aussah, aber daß du deine Hand hobst und mir leicht über die Wange strichst, schien mir ein folgerichtiger und von mir erwarteter Vorgang zu sein. Ich ließ es nicht nur geschehen, sondern verharrte regungslos, jede von dir berührte Stelle meines Gesichtes lauschte dieser Berührung hinterher. »Ich bin hier für eine Weile«, wiederholtest du leise, fast flüsternd, auch dir schien dieser Satz bewußt geworden zu sein als ein Tor in eine andere Landschaft hinaus.

Dieses Wagnis, einem anderen Menschen unverwandt in die Augen zu sehen, nicht umzukehren, abzulenken, Worte dazwischenzuschieben. Nein, einander anzuschauen und in die Tiefe zu geraten, die jedes Auge eröffnet, das ohne Scheu ist, sich zu offenbaren. Ich weiß nicht, woher ich den Mut zu diesem Wagnis genommen hatte. Oder war es nicht Mut, Mut leitet eine Handlungsweise ein. Ich befand mich übergangslos im Jetzt unseres Schauens, ich sah dich an und fühlte förmlich, wie meine Haut mich zusammenhielt, meine innere Bewegung, und dennoch durchlässig wurde, ich fühlte ein Strahlen aus mir dringen, das keinem Beschauer galt. Was durch mich hindurchfloß wie ein Aufatmen, war das Bewußtsein eines fernab der Bühne gelebten Augenblicks, der dennoch den Himmel aufriß. Ich lebe, dachte ich, oder dachte ich es nicht in diese zwei Worte gebunden und klein dadurch, aber ich empfand zum ersten Mal in meinem Leben mein Leben. Deine Augen wurden heiß, hast du es beschrieben, wir schauten uns an, und langsam wurden deine Augen heiß.

Als die Wirtin aus dem Lokal heraustrat und an unseren Tisch, um uns nach unseren Wünschen zu fragen, saßen wir immer noch in dieser einander zugeneigten Haltung, meine Wange in deine Handfläche gelegt, die Augen ineinandergesenkt. Sie stutzte und lachte dann unverhohlen, im Dunkeln ist gut munkeln, röhrte sie, die anderen haben schon gefragt, wo du heute bleibst, sie sitzt im Garten, hab ich gesagt, was heißt Garten, machen die sich immer lustig, auf der Straße, meinst du, die Arme sitzt auf der Straße, was heißt Straße, werde ich ihnen sagen, die Liebe baut ihre Gärten, wo sie will, und sie lachte nochmals schallend. Uns hatte der kurze und laute Redestrom nicht sonderlich aufgestört, man kannte diese Frau als unerschütterlich eigenwillige Person, ihr bärbeißiger Humor und die geradezu gewalttätige Direktheit ihrer Äußerungen hatten sie den Status einer derben Königin erlangen lassen. Niemand widersetzte sich ihr, und dank ihrer verborgenen, aber stets wirksamen Güte fürchtete sie auch niemand. Jetzt stand die kleine gedrungene Frau vor uns und grinste aus ihrer geringen Höhe dennoch sehr überschauend auf uns herunter. Da sie ihr Leben im höhlenartigen Labyrinth des alten Wirtshauses verbrachte, hatte ihre Gesichtshaut allmählich alabasterne Blässe angenommen. Erstaunlich, daß dennoch eine gesunde Frische von ihr ausging, wohl von einem frischen Gemüt genährt.

Sie stieß mich ziemlich heftig gegen die Schulter, was ihre Zustimmung ausdrücken sollte, so ist's recht, ihre Stimme blieb schallend laut, schau auf dich, es wird ohnehin Zeit, die Jüngste bleibt man nicht, oder? Dann aber schien sie mein aufkeimendes Unbehagen zu fühlen, sie wurde sachlich, was soll ich bringen? fragte sie, ganz Wirtin, ganz Distanz. Ich bestellte Weißwein, du ein großes Bier. Wir lächelten, als sie gegangen war, und du sagtest: »Die Liebe baut ihre Gärten, wo sie will. Eine Dichterin, diese Frau.« Und das Wort Liebe war zum ersten Mal zwischen uns ausgesprochen worden.

Jetzt sollte ich einen Sprung machen, dachte sie. Im Theaterjargon nennt man so das Auslassen von Textstellen, einen Sprung machen. Ich sollte vielleicht die Beschreibung unserer ersten Liebesnacht auslassen, habe ohnehin unsere erotische Annäherung mit allzuviel Akribie beschrieben, zu ausführlich, wie mir scheint, mit allzuviel

Anteilnahme. Sie rieb sich lächelnd die Stirn, mit der anderen Hand hielt sie immer noch die Feder fest. Das nächtliche Haus schien ihre eigenen heftigen Atemzüge übernommen zu haben, schien zu pulsieren wie sie selbst. Aber, dachte sie, ich habe mir doch vorgenommen, meine Geschichte zu erzählen, uns mit meiner Erinnerung neu zu erfinden. Warum also soll ich einen Sprung machen, über das hinwegspringen, woran zurückzudenken mir Wonne bereitet? Die erste Wegstrecke unserer Geschichte war es doch, die mich aufriß, die alte, dürre, angstvolle Haut blieb zurück, ich wurde weich und wund, eine unterirdische Nacktheit schien ans Licht zu wollen. Der Kampf um diese neue, mir gänzlich neue Hingabe, der Kampf darum, sie nicht wieder erstarren zu lassen, nicht wieder eine enge und undurchlässige Hülle um sie zu legen und festzuziehen, dieser Kampf begann doch erst später. O Pracht der Anfänge.

Sie warf den Kopf hoch, als müsse sie ferne Beurteilungen abschütteln. War es die alte, verklungen geglaubte Stimme, welche da hoch über ihren Schultern zu flüstern begonnen hatte, war es das? Verleugne dich, du bist es nicht wert, dir selbst zu trauen, was du mit Freude tust und mit Einsatz, ist noch lange nicht gut getan. Bleib bei deinen Leisten, Schuster, überlasse das Denken den Auserwählten, und verschone die Welt mit Gefühl, am besten du schweigst. Oder mache zumindest einen Sprung dort, wo der Intellekt sich peinlich berührt fühlt, der kalte geballte Kopf, körperlos. War es diese Stimme gewesen? Haben all die Jahre noch nicht fertiggebracht, sie zu ersticken? Souffliert sie immer noch Scham, Bedenklichkeit und Rückzug? Du solltest vielleicht die Beschreibung einer Liebesnacht auslassen – das ist Verzagtheit, die ich verlernt zu haben schien, dachte sie grimmig, der kalte Lehrer Kopf immer noch irgendwo hoch über meiner Schulter, mir in mein Tun spähend. Totenkopf bereits, aber immer noch wispernd, sich regend. Wie ihm den Mund stopfen, überlegte sie, wie ihm den Mund stopfen für alle meine Zeit?

Sie legte die Feder beiseite und fuhr sich mit beiden Händen durch das Haar, die Kopfhaut dabei ein wenig massierend. Nicht mehr nötig. Den Mund selbst aufzumachen, das galt es zu erlernen und war Widerspruch genug. Sie lachte. Das eigene Wort zu ergreifen, so was. War sie doch so ordentlich und überschaubar Interpretin, die gute Frau, nahm sich der Worte an mit befugtem Munde, befugt, sie zu ehren, wiederzukäuen und zu präsentieren. Wortinstrument, ja. Wozu dieser Irrweg ins eigene Wort, hinweg von der Absicherung des Vorgegebenen?

Sie strich das durchwühlte Haar hinter die Ohren, ließ es nur den Rücken berühren, um Gesicht und Schultern frei zu haben. Sie nahm die Feder wieder zur Hand, blieb aber noch eine Weile in ihren Gedanken hängen. Die Welt will Menschenwege nicht akzeptieren. Aber was heißt die Welt, fuhr sie sich schnell ins Überlegen, ich meine wohl die Öffentlichkeit. Öffentlichkeit, ein Schwert, eine Pestilenz. Tummelplatz des Vorurteils und der vorgefaßten Meinung. Grausame Hinrichtungsstätte, nicht die Köpfe, die Seelen rollen dort. Der Mensch hat seinem Bilde in der Öffentlichkeit nachzugehen und nicht seinen Weg. Also bin ich meiner Wege gegangen.

Sie belächelte ihr Wortspiel und schüttelte nochmals das Haar zurück. Also werde ich keinen Sprung machen, sondern in meiner Liebesgeschichte Schritt für Schritt weitergehen, dachte sie, während sie sich über das Papier beugte.

Die Nacht war so warm, daß sie die Feuchtigkeit des vergangenen Regens bald gänzlich aufsaugte. Wir saßen lange im Vorgarten des Wirtshauses. Sogar als die letzten Gäste schon gegangen waren, auch die Theatermenschen, die mir ein wenig süffisant ihre Grußworte zuwarfen, saßen wir zwei noch immer da. Schließlich holte die Wirtin unsere leeren Gläser, wünschte uns eine gute Nacht, sichtlich müde jetzt und ohne Lust zu einer humoristischen Äußerung, und schloß die Türe des Wirtshauses ab. Wir blieben alleine an dem Tisch sitzen, es fuhren kaum noch Autos an uns vorbei. Die Nacht hatte diese Tiefe erreicht, in der sogar eine Stadt kurz zu schweigen pflegt. Wir schwiegen auch. Aber unsere Körper hatten miteinander zu sprechen begonnen. Ich bewegte den meinen kaum und lauschte diesem Gespräch. Ich wußte nicht, daß mein Körper fähig war, so zu sprechen, es überraschte mich. Ich ließ ihn gewähren, und gleichzeitig bestaunte ich ihn, er war mir fremd und vertrauter denn je. Wir berührten uns jetzt nicht, in den Augen geschah Rede und Antwort, in diesen offenen schutzlosen Augen, nie vergesse ich unsere Augen in dieser Nacht, während neben uns die laue Luft in den müden Oleanderbäumen spielte, ein ganz feines raschelndes Berühren der Blätter erzeugte, unsere Augen, herausgeschält aus all den Blicken des täglichen Umganges, die bewahren und zurückhalten sollen, unsere Augen, frei und unbewahrt, weich, wie nur das Innerste weich ist, wie alles Ungeschützte weich.

»Wollen wir gemeinsam die Morgendämmerung erleben?« fragtest du irgendwann leise, irgendwann, als die Spannung zwischen uns zu einer

Forderung wurde. Ich hatte eine Frage erwartet, die warme Nachtluft um uns war bereits vibrierend von ihr erfüllt. Aber diese Frage verwirrte mich, die vielen Jahre meines Frauseins hatten mir männliche Direktheiten anderer Art zur Gewohnheit werden lassen, und ich hatte gelernt, darauf zu reagieren, hatte mir eine Routine anerzogen, mit Verachtung und Selbstekel getränkt wie jede Routine. Aber, wenn auch fälschlich, sie gab mir Überlegenheit, zumindest diese Phasen des Sich-Zueinanderlügens lang. Und jetzt diese Frage, die alle Hürden übersprang, ein leiser erobernder Sprung.

Ich erinnere mich an ein plötzliches Bedürfnis zu schlucken, mein Mund schien sich mit den Säften einer Erregung zu füllen, die nicht ohne Furcht war. Ich schluckte also, aber nichts konnte mich daran hindern, dir hinterher mit einer brüchigen Stimme ebenso leise zu antworten: »Ja, laß uns gemeinsam die Morgendämmerung erleben.« Ich habe das gesagt, staunte ich meinen Worten hinterher, die, eines nach dem anderen – laß uns gemeinsam die Morgendämmerung erleben –, meinen Mund verlassen hatten, ich habe das gesagt, in dieser Klarheit und ohne Scheu, ich.

Du hobst jetzt deine Hände hoch, sie umschlossen mein Gesicht. Und du beugtest dich über den Tisch zu mir her, sehr langsam. Ich fühlte die Unabwendbarkeit deines Näherkommens, endlich warmes ersehntes Leben sich nähernd, Leben, ja, nicht der Schauer von Feindlichkeit, den Sexualität vor sich herzutreiben pflegt, wenn sie leblos auf sich selbst reduziert bleibt. Das Nähern deines Gesichts schien ohne Anfang und Ende zu sein, es würde die Ewigkeiten durchmessen, für alle Zeit.

Du beugtest dich zu mir her, und wir küßten uns zum ersten Male.

Sie schob das beschriebene Papier von sich, schraubte die Feder zu, breitete die Arme über den Tisch und legte ihren Kopf darauf. Sie war jetzt müde geworden. Warum jetzt, dachte sie, warum jetzt diese plötzliche Müdigkeit. Auch fühlte sie Schmerzen im Nacken und zur Hüfte hin.

Ich wage mich zu tief in das Vergangene, flüsterte sie, die Lippen dicht über der Tischfläche, ich ziehe wieder an Land, was bereits versunken war, die Fahrten auf diesen Meeren sind beendet. Vielleicht sollte ich mich jetzt schlafen legen, überlegte sie, ließ aber das Gesicht in den Armen vergraben. Sie fühlte die Wärme der Tischlampe auf ihrem Haar, Gegensatz zur Kühle der Aprilnacht. Ich glaube, ich friere ein wenig, dachte sie, zog aber auch daraus keine Konsequenz, blieb weiterhin mit ihrem Oberkörper auf dem Tisch liegen.

Nacht gegen Nacht, schien ihr plötzlich. In ihrer Erzählung dieselbe Tiefe, dieses Äußerste an Nacht erreicht. Nur warm, ein wenig dampfend noch von aufgesogener Nässe, der Sommerregen verdampft, die Luft Wärme sammelnd und in lauen Stößen weitergebend. Und sie heute fröstelnd, nachdem Aprilschauer ihren Garten getränkt hatten, aber das Gewölk sich ebenfalls verzog und die Frühlingsnacht aufklaren ließ.

Fröstle ich vor Erinnerung? fragte sie sich, und diese Frage ließ sie den Kopf heben. Läßt mich deine verlorene Wärme immer noch frieren? Wird meine Gegenwart immer noch erschüttert, wenn ich mir dich vergegenwärtige? Und warum frage ich dich das, mein inneres Gespräch mit dir noch nicht verstummt, nie verstummend?

Nacht gegen Nacht, wiederholte sie, ich werde mich stellen. Keine Ausflucht in Müdigkeit oder Körperweh.

Sie richtete sich auf und schrieb weiter.

Den kurzen Weg bis hin zu dem Haus, in dem du wohntest, gingen wir Hand in Hand. Nicht eng umschlungen, nicht einander ertastend in voreiliger Gier, nein, Hand in Hand. Auch als du das alte

Haustor aufschlossest, auch während wir im Stiegenhaus aufwärtsgingen, das so roch, wie in dieser Stadt die Stiegenhäuser unbeachteter alter Häuser riechen, und auch beim Öffnen deiner Wohnungstür versuchtest du, meine Hand nicht loszulassen. Schließlich standen wir in einem kleinen dunklen Flur. Du griffst nach dem Lichtschalter, eine schwache Birne, von Milchglas umhüllt, leuchtete auf. In dieser vagen Erhellung, die mich dich erkennen ließ, ohne Details einer fremden Umgebung aufdringlich werden zu lassen, die uns beide in einen Raum hob, der keinen Umriß zu haben schien außer dem unseren, da breiteten wir beide die Arme aus, als wären sie Flügel, und legten sie umeinander. Ich weiß nicht, wie lange wir so standen, in diese stille Umarmung vertieft, aber ich weiß, daß ich hätte ewig so stehen können. Es war die Notwendigkeit des Weiterlebens, die uns endlich zwang, lächelnd voneinander zu lassen. Du nahmst mich wieder an der Hand und führtest mich. Die Wohnung war unansehnlich und spärlich möbliert, Bücher und Kleidungsstücke lagen wirr verstreut herum. Du gingst mit keinem einzigen Wort auf den Zustand deiner Räume ein, mehr noch, ich fühlte, daß du sie überhaupt nicht wahrnahmst. Vielleicht waren sie gerade deshalb so unbekümmert lebendig.

Ich gebrauche Wohnungen, hast du mir später einmal gesagt, ich gestalte sie nicht. Und in dieser Nacht hat deine Achtlosigkeit der Form deines intimen Lebensbereiches gegenüber mich selbst von jedem formalen Zwang befreit. Sie ermöglichte mir, frei wie ein Kind auf dich zuzugehen. Wie zwanglos wir in dein Bett gerieten, das mit seinen aufgeschlagenen, überhängenden Laken einer abblätternden Rose glich. Als du lagst, dein ruhiger Griff zur nebenstehenden Lampe und das Aufleuchten eines Schirms aus gelbem Pergament. Nun warst du vor mir ausgebreitet in einem Licht, wie es an seltenen Abenden ein weit geöffneter tiefgelber Horizont aussendet. Mein Haar umhüllte dein Gesicht, und in diesem Versteck, in dieser Hecke, glänzten unsere Augen im Widerschein.

Jede Gebärde geschah im Leuchten dieses weiten makellosen Horizonts, hob sich als klarer Bogen davon ab, kein Zerren, keine Ungeduld, keine Übereilung, unsere Gliedmaßen schrieben ruhige und lustvolle Linien in das Licht.

Und mein Körper wurde heiß von seiner Mitte aus. Es war dieses Glühen, das ich bei der ersten Berührung deiner Hand vorausgefühlt hatte, das du in meinen Augen entstehen sahst, als unsere Blicke keinen Ausweg mehr suchten und ineinandergerieten. Mein Körper wurde heiß und explodierte langsam, in Zeitlupe. Mit der Langsamkeit einer Blattknospe, die unter der Sonne aufbricht. Mit unergründlicher Sehnsucht hatte ich immer schon in den frühlingswilden Aufruhr der Bäume geblickt, fast verwirrt von der erotischen Deutlichkeit der Bilder. Die unzähligen Explosionen der klebrigen feuchten Knospenspitzen erregten mich, aber mein Körper wußte es nicht.

Nun erst entsprach er und sprach und schrie auf, einen lautlosen innerlichen Schrei, dazu angetan, den Lauf der Gestirne anhalten zu lassen. Er war in sein Empfinden gebettet, rang um nichts, und alles floß ihm zu. Um uns der Geruch des Lebens, Schweiß, Haut, Haar, Fell, Tierfell und Menschenhaut, Pflanze, Blüte, die Säfte, Frucht und Nektar, und davon umhüllt die Klarheit einer gedankenvollen Zärtlichkeit.

Schließlich erlebten wir gemeinsam die Morgendämmerung.

Als sie in das Zimmer drang, war die gelbe Lampe bereits gelöscht, und wir lagen ineinandergeknüpft, ineinanderverschlungen, ein unzerreißbares Netz, in dem unsere leisen Worte und schwebenden Gedanken sich fingen. Das farblose erste Licht des Tages die Tiefe eines Ozeans, durch den es uns zog.

Ich ruhte aus.

Ja, mir schien, als müsse ich die Anstrengung eines langen gewollten Lebens endlich in dieser

Willenlosigkeit versenken, ertränken. Willenlos vor Bejahung fühlte ich mich. Und wie selten sind solche Stunden, in denen man treibt, ohne die Zeit zu vertreiben, in denen gegenteilig das Zeitliche sich verdichtet.

Während man es mit dem Tode segnet, dachte sie. Das Zeitliche segnen, immer schon hatte diese Bezeichnung des Sterbevorganges sie berührt. Welche Würde des Sprachgebrauchs dem Menschen möglich wäre, wenn er in den Worten lebte und sie nicht um sich würfe. Das Wort ist sinnfällig, und wir machen es hinfällig.

Vor dem immer noch geöffneten Fenster fuhr ein Windstoß durch die Bäume, sie hörte das Rauschen und sah hinaus in das nachtdunkle Laub. Gleichzeitig stützte sie ihren Kopf in beide Hände. Nicht umsonst hatte das heftige Erinnern an das Erwachen ihres Körpers sie schnell zum Tode hinschweifen lassen, das war ihr klar. Nur wenn Vereinigung erfahren wurde, kann Trennung begriffen werden. Und äußerste Trennung, Abtrennung: der Tod. Und du, dachte sie, du, der mich lebendig werden ließ, brachtest mir auch Tod, Vor-Tod, und Auferstehung.

Aber ich will in meinem Erinnern nicht vorgreifen, ich will mich den Gesetzen einer Erzählung ergeben, wies sie sich zurecht. Noch will ich das Erblühen beschreiben, die Pracht der Anfänge. Und die Pracht unseres Anfangs erschien mir himmelstürmend, weil ich den Himmel auf Erden seit meinen kindlichen Glücksgefühlen nicht mehr erlebt hatte. Sie lächelte. Ja, ich glaube an den Himmel auf Erden, seither. An seinen Widerschein zumindest, herabgefallen in Menschenaugen. Daß solches Himmelslicht nur kurz zu leuchten pflegt, tut nichts zur Sache, wenn es einmal geschaut wurde. Schlimm nur das ewig tiefhängende Gewölk von Zynismus über unseren Köpfen und darunter das Walten der Sachlichkeit, der reduzierenden, pinzettenhaft kleinlich zupackenden Sachlichkeit, die Lebendigsein ausklammert, Lebendigsein im Sinne atmender Vielfalt.

Sie runzelte leicht die Stirn.

Eines Tages, dachte sie, begann ich innerhalb derer, die am Leben sind, die Lebendigen von den Abgestorbenen zu unterscheiden. Und ich begann damit, als ich selbst zum Leben erwacht war.

Nochmals rauschte es in den Bäumen, und sie senkte wieder den Kopf zur erleuchteten Papierfläche hinunter.

Ich ruhte aus und ruhte an dir, jede Nische deiner Haut schien mich willkommen zu heißen. Langsam wurde die Helligkeit des frühen Morgens rosig, ein schöner Sommertag kündigte sich an, der Regen schien gänzlich verklungen. Vor deinen Fenstern eine Landschaft aus Dächern und Schornsteinen, das sah ich jetzt.

Auch das Zimmer, in dem wir lagen, sah ich genauer, kein Vorhang wehrte dem Licht einzudringen. Für mich, in meiner ständigen jalousieverdunkelten Abwehr gegen jeden Tagesbeginn, war dies eine ungewöhnliche Art, den Morgen frei gewähren zu lassen. Schließlich fiel sogar eine erste rotgoldene Sonnenbahn über das Bett und uns. Ich wandte dir den Kopf zu, und um deine ruhigen geöffneten Augen, die mich ansahen, waren die Wimpern erhellt, spiegelten ihr goldenes Gestrüpp in den glänzenden Augäpfeln. Dein Aug ein See, dachte ich, dachte es wie die erste Zeile eines Liedes, das es noch zu singen galt. Plötzlich aber fielen dir deine Augendeckel weich herab. In meinem Blick, den du eben noch erwidert hattest, konntest du dir die Freiheit nehmen, unbekümmert einzuschlummern. Ich war fassungslos vor Bewunderung und beneidete dich gleichzeitig.

Nie würde ich mir ähnliches gestatten, gestatten können. Ferne Visionen von etwas, was sich vielleicht gutes Benehmen oder Rücksichtnahme oder Höflichkeit nennen läßt, hielte mich gnadenlos davor zurück, einem einfachen und verständlichen Bedürfnis so unwidersprechbar Folge zu leisten, wie du es getan hattest. Lieber würde ich vor Müdigkeit umkommen. Mehr noch, ich wäre nicht in der Lage, meine eigene Müdigkeit überhaupt wahrzunehmen, da hat man eben nicht müde zu werden, wenn einen Augen ansehen, in denen sich die Morgensonne spiegelt, das ist kein Zeitpunkt für Schläfrigkeit und basta. So war ich mit mir umgegangen, ein langes Leben lang.

Das fiel mir auf, während ich dein Gesicht betrachtete, das sich tiefer in den Schlaf begab, ich erkannte es am sanften Auseinanderfallen deiner Züge, sie schienen den Halt zu verlieren und zu schweben. Dennoch veränderten sie sich nicht, gerieten nicht außer sich. Menschen, die falschgefaßt leben, scheint im Schlafe das Gesicht in Stücke zu fallen, eine Art Gier nach Abgrund breitet sich darauf aus, wie oft hatte ich das schon wahrgenommen und immer mit der Empfindung leisen Ekels, als sähe ich einem obszönen Geschehen zu. Ich mochte es nicht, wenn jemand neben mir einschlief, vielleicht auch deshalb mein Entsetzen davor, solches könnte mir selbst zustoßen. Mit seinem Schlaf hat man alleine zu bleiben, das stand für mich fest.

Und nun schaute ich dich lange aufmerksam an, während du schliefst, studierte die Details und Zusammenhänge deiner Gesichtszüge, prägte sie mir ohne Scheu ein, und nichts stieß mich zurück. Du atmetest ruhig.

Später ließ ich meine Blicke durch das Zimmer gleiten, das von der Größe des Bettes, in dem wir lagen, beherrscht war. Eine Menge verschiedener Gegenstände bedeckte den Parkettboden ringsum wie Angeschwemmtes den Strand einer Insel. Zwischen den Fenstern stand eine kleine Kommode, mit Perlmutt ausgelegt und erstaunlich erlesen. Aber keine abwägende Hand hatte sie dort hingeschoben, wo sie stand. Es war einfach ihr Platz, wie alles, was um dich war, seinen Platz hatte.

In der Ecke des Raumes befand sich ein Kleiderständer aus rostbraun gestrichenem Eisen. Auf ihm hingen einige Kleidungsstücke.

Es mußte wohl zu diesem Zeitpunkt gewesen sein, daß eine erste Ahnung von Kommendem mich überwehte, vage noch und von keinerlei Nachdenklichkeit begleitet. Von einem der rostbraunen Haken baumelte ein hellblauer weiblicher Morgenmantel aus Frottee, unschuldig vor Selbstverständnis, alltägliche Intimität ausatmend.

Das einzige, was ich vielleicht damals schon tat, wenn auch unbewußt, war, ihm die Eigenschaft zuzuschreiben, daß er *baumle.* Da baumelt der Morgenmantel einer Frau, so beschrieb mein Kopf das Gesehene, und das etwas Dümmliche dieses Begriffs half mir wohl, den Eindruck zu verwischen, aus meinen Gedanken zu wischen. Mir war mit Leib und Seele wohl, nichts sollte sich dazwischendrängen. Soll da baumeln, was will. Ich fühlte mich gänzlich zu dir zurück, zu deiner Sommerwärme, und als mein schweifender Blick dich wieder fand, hattest du deine Augen geöffnet, den kurzen Schlummer beendet. Du sahst mich ruhig an, und deine eine freie Hand strich mir eine Haarsträhne aus dem Gesicht. »Was hast du gesehen?« fragtest du. »Dein Zimmer in der Morgensonne«, antwortete ich lächelnd und nichts mehr von baumelndem blauem Frottee in mir, verdrängt, vergessen, vernichtet, was immer eine Sekunde lang mein Bewußtsein irritiert hatte. »Ich glaube, seit ich Kind war, habe ich keine so frühe Sonne mehr gesehen.« – »Tatsächlich?« lächeltest du zurück, jedoch ohne das Forschende in deinem Schauen zu unterdrükken. Dir wäre lieber gewesen, ich hätte die Frage, die du kurz davor in meinem auf den Morgenmantel gerichteten Blick entstehen sahst, auch gestellt, hast du mir später gesagt. Meine Rückkehr in eine wasserklare Ahnungslosigkeit und deren Glaubhaftigkeit hätte dich erstaunt. Sie hat

Marias Mantel doch gesehen, hättest du gedacht, und ihre Augen wurden finster dabei, warum jetzt diese Helligkeit in ihnen und keine Frage? Meine Versuche, dir die Wucht dieser ersten Verdrängung zu schildern, waren nicht sehr erfolgreich, weil du nie verstehen konntest, wieviel Verletzung ich damit verdrängte. Dich hatte die Anwesenheit von Marias Morgenmantel nicht eine Sekunde gestört. Nur mein Verleugnen dessen, daß er mir aufgefallen war, das schon, das hatte dich zumindest verwundert.

Und ich konnte dir niemals gültig erklären, daß ich die erste Ahnung des unaufhebbaren Getrenntseins von mir schob, die erste Ahnung, daß ich durch dich gezwungen wurde, in meine innere Freiheit hineinzusterben, und daß ich diese Ahnung noch lange nicht zulassen konnte, nicht einmal die Ahnung, ja.

Ich werde unsere Geschichte nicht zu Ende erzählen können, dachte sie plötzlich und legte die Feder zur Seite. Dann schob sie die bereits beschriebenen Blätter aus dem Lichtkegel, schob sie in das Dunkel am Ende des Tisches zurück, so weit ihr ausgestreckter Arm reichte. Ihn ließ sie so liegen und betrachtete ausführlich die Musterung ihrer Hausjacke, deren Ärmel, nun von der Tischlampe aus einer schattenhaften Anonymität gezerrt, sich ihr als etwas Fremdartiges, nie Gesehenes darbot. Meine rote Jacke, hatte sie dieses Kleidungsstück immer genannt. Und jetzt sah sie ein dichtes Rautengeflecht, in dem Kobaltblau, Brombeerfarbe, das Rot heller Kirschen, feine Linien in Dottergelb und sogar dunkles Blattgrün sich mischten. Es schien ihr eine üppigere Ausgabe des Rautenmusters zu sein, in dem sie verlorenzugehen meinte, als sie im Wirtshaus auf die Tischdecke gestarrt hatte. Als deine Hand zum ersten Mal geflogen kam, dachte sie und zog Arm samt rautengemustertem Ärmel wieder an sich und aus dem Licht. Sie faltete ihre Hände im Schoß, saß ungewöhnlich aufrecht da und starrte auf die nackte beleuchtete Holzfläche vor sich. Immer wieder zog ein Rauschen durch die Bäume, und Ausläufer dieses Wehens drangen bis zu ihr, die Nacht wurde empfindlich kühl. Ich sollte schlafen gehen, dachte sie ein zweites Mal und entschiedener jetzt, williger. Sie hob den Blick und schaute in den Garten hinaus, hielt Ausschau nach erstem, fahlem Tagesbeginn, der ihre Entscheidung beeinflussen, sie ins Bett treiben sollte. Aber nichts an Helligkeit, nicht das zarteste Morgengrauen, nur Schwärze, in der man das Laub sich bewegen hörte. Sie rieb die klamm gewordenen Finger aneinander und gähnte, begleitete das Gähnen mit einem ausgedehnten, schallenden Laut, es klang, als röhrte ein Tier durch die Nacht.

Brombeerraute Tiergebrüll
Dickicht meiner Angst

Sie sprach diese zwei Zeilen leise vor sich hin, veredelte sie kraft Stimme und Diktion und lächelte darüber. Lächelte über die Unausrottbarkeit von Können. Wenn es Teil deines Wesens wurde, wirst du es nicht mehr los. Wie oft ihr gesagt worden war, sie könne aus dem Telephonbuch lesen, und man würde ebenso hingerissen zuhören. Dieses ständig herbeizitierte Telephonbuch. Natürlich, hatte sie sich selbst sarkastisch versichert, man kann lesen, was man will, sie hören das Telephonbuch. Später hatte sie begonnen, etwas in der Art solchen Lobpreisern zu antworten und hatte sich dadurch diese schnell und für alle Zeit vom Hals geschafft.

Als ich begann frech zu werden, dachte sie. Als ich mich so lange in dir gespiegelt hatte, bis dein Wohlgefallen mich überzeugte und ich mich selbst zu behausen begann. Da begann ich auch frech zu werden.

Nichts da. Ich werde zu Ende erzählen. Nichts da mit Brombeerraute Tiergebrüll Dickicht meiner Angst.

Sie streckte beide Arme aus und zog den Stoß Papierblätter wieder aus dem Dunkel zu sich her.

Wir hatten an diesem Morgen gemeinsam in der Kantine des Theaters gefrühstückt. Der Vorschlag kam von mir, und er gefiel dir sofort. Ich selbst staunte, daß ich dich dorthin einlud, tat es aber dennoch ohne inneren Widerstand, eher mit einer geheimen Lust. Wollte ich dich herzeigen? Wollte ich durch die Wahrnehmung anderer bewiesen haben, was mir diese Nacht widerfahren war? Wollte ich, was alle Menschen wollen, wenn sie sich erlöst fühlen, es der Welt erzählen?

Jedenfalls muß ich die Kantine an deiner Seite leuchtend betreten haben, leuchtend wie ein Erzengel. Ich behaupte das, weil man es mir sagte. Ein sehr alter, sehr weißhaariger Schauspieler, der vor einer Tasse Kaffee auf den Beginn der Vormittagsprobe wartete, sah über seinen Brillenrand zu mir her und sagte, während er den Zucker verrührte: »Heute leuchtend wie ein Erzengel, meine Liebe?« Dir nickte er höflich zu. Bühnenarbeiter saßen nach der ersten Frühschicht bereits vor großen gefüllten Biergläsern und Tellern mit Gulasch, es roch nach stark gewürztem Fleisch und Suppendunst.

Ich holte uns an der Theke Kaffee und Butterbrot, da tratest du hinter mich und bestelltest über meine Schulter hinweg ebenfalls Bier und Gulasch. »Verzeih«, sagtest du, »aber ich liebe das, ich muß es auch haben.« Als ich dich ansah, lachtest du, und ich wußte nicht recht, warum mir nur ein schwaches Lächeln gelang. Als ich mich wieder meiner eigenen Bestellung zuwandte und dem vollbusigen, blondgefärbten Mädchen vor mir erklärte, sie könne beide Butterbrote auf meinen Teller laden, klang dieser Satz in mir nach. Ich muß es auch haben. Nicht länger als die Vision blauen Frottees blieb er in meinem Bewußtsein haften, und ebenso schnell vergaß ich ihn. Als wir uns an einem Ecktisch gegenübersaßen, konnte auch ich bereits wieder lauthals lachen. Der Schaum des gierig getrunkenen Bieres hatte in dein Gesicht einen weißen hochgezogenen Clownmund gezeichnet, und ich zitterte vor Begierde, zu lachen, laut zu sein, auf uns aufmerksam zu machen. Ich stellte fest, daß mein Körper tatsächlich zitterte. Er war so sehr erobert worden, daß ich ihn kaum halten konnte. Es fühlte sich an wie ein unterirdisches Zähneklappern, bei dem man nicht fror. Ich sah dich dein Gulasch essen und bewunderte die Selbstvergessenheit und den Genuß, mit dem du es tun konntest. Ich bewunderte es wie deinen kurzen, übergangslosen Schlummer in der ersten Morgensonne, während du in meinen Armen gelegen hattest. Wieder bewunderte ich die Kraft deiner Bedürfnisse. Um mich mit dieser Bewunderung nicht von dir abzusondern, versuchte ich sie dir mitzuteilen, aber meine Worte gerieten kläglich.

»Ich weiß«, sagtest du, »wenn ich schlafe, schlafe ich. Wenn ich esse, esse ich. Ich bin ein Augenblickstier. Laß dich davon nicht einschüchtern, mein Herz ist bang wie deines.« Ein Augenzwinkern am Ende des Satzes sollte ihm wohl sein Pathos nehmen, aber mir wurde warm wie einem beschenkten Kind. Mein Herz ist bang wie deines. Von solchen Sätzen hatte ich geträumt ein Leben lang. Und das, obwohl es in diesem Leben an Sätzen nie gemangelt hatte, im Gegenteil, Sätze hatten mich bewohnt, ich tastete sie ab, sie wurden im Sprechen gewogen und geprüft, beschwert, in die Luft geworfen, wurden durchsichtig oder hart wie Geröll, o dieser lebenslange Umgang mit Sätzen, Satzfolgen, Wort und Rhythmus, wie oft war ich auf Waldwegen dahingewandert, die Hände in den Manteltaschen, den Kopf gesenkt, blind für die Farben des Laubes um mich, ins Innere gewandt, der Struktur eines Satzes zugewandt, den ich in mir wälzte und immer wieder laut heraussprach, ihn polierend und wieder aufrauhend, getrieben, seinen innersten Kern zu erfassen und ihm zu entreißen. Ich wurde mit Sätzen ernährt. Aber wer hat je zu mir gesprochen?

Ich beugte mich über den Tisch, ließ Kaffeetasse und Gulaschteller unter mir, und küßte dich. »Bravo«, sagtest du.

Einige Schauspieler waren in die Kantine gekommen, standen mit ihren Rollenbüchern an der Theke, bestellten Kaffee und redeten laut. Sie reden immer laut, dachte ich, aber an diesem Morgen dachte ich es voll Milde. Man sah uns an, aber mit gekonnter Beiläufigkeit. Der neugierige Blick eines Schauspielers kann so träge und desinteressiert schweifen, als mache es ihm Mühe, überhaupt die Augen zu heben. Ich aber wußte, daß sie dich messerscharf an meiner Seite wahrnahmen. Als eine kleine dunkelhaarige Schauspielerin schließlich mit gehobener Hand und einem leichten Flattern der Fingerspitzen herüberwinkte, grüßten auch die anderen vage in unsere Richtung. Das laute Reden wurde dabei nicht unterbrochen, das kurze Herlächeln schnell wieder ausradiert. Es war nicht zu überhören, daß sie über den Regisseur herzogen, in dessen Händen sie sich zur Zeit befanden. Er wurde von ihnen hämisch mit der Verkleinerungsform seines Vornamens benannt, wie um zu beweisen, daß er es nicht einmal wert sei, sich Herr Sowieso zu nennen, er wurde zum Bübchen degradiert. »Über wen schimpfen sie so?« fragtest du interessiert. Ich versuchte dir zu erklären, daß Schauspieler fast über jeden schimpfen und daß das wenig zu bedeuten hätte. »Sie haben sich vorher genau in der Kantine umgesehen und wissen jetzt, daß sie unbesorgt schimpfen können, weil niemand anwesend ist, bei dem es ihnen schaden könnte, über ihren Regisseur Negatives zu sagen.« Du wolltest wissen, ob sie das Negative über diesen Regisseur zu Recht sagten. Du wolltest ernsthaft mit mir über das Theater sprechen, wie danach noch so oft. Dein Interesse beunruhigte mich anfangs, ich war es nicht gewohnt, meine eigenen Eindrücke innerhalb des Theaters laut zu reflektieren. Auch ich hatte im Grunde genommen immer nur gemault, wie man über alles mault, von dem man nicht lassen kann. Als ich lernte, über das Theater zu sprechen, lernte ich auch, davon zu lassen.

Ich greife voraus, dachte sie, ich greife unserer Geschichte voraus bis an ihr Ende. Als ich gelernt hatte, loszulassen. Das Theater. Dich. Das muß alles erst erzählt werden. Sie zögerte kurz und strich dann den letzten Satz wieder aus. Gleichzeitig merkte sie, daß es sie an den Füßen fror. Sie schlüpfte aus den Schuhen und rieb unter dem

Tisch die Zehen aneinander. Zu mehr raffte sie sich nicht auf, sollten ihre Füße kalt sein, es drängte sie, dieses erste Gespräch über das Theater zu rekapitulieren. Es war das einschneidend erste Mal gewesen, daß sie vor einem anderen Menschen darüber gesprochen hatte. Wobei dieser andere Mensch kein Schauspieler war und kein Journalist. Genau das machte in diesem Fall sein Anderssein aus. Sein Interesse war nicht beruflicher und nicht öffentlicher Natur. Es galt mir, dachte sie, und das machte es für mich so neu. Während ihre Füße unter dem Tisch wieder nach den Schuhen suchten, sah sie hinter den Gartenbäumen eine erste farblose Helligkeit erwachen, aha, es wird hell, sagte sie sich und schrieb weiter.

Sehr vorsichtig begann ich deine Frage zu beantworten. Ja, ich sei schon der Meinung, die Schauspieler sagten das Negative über diesen Regisseur zu Recht. Trotzdem sei *mir* nicht wirklich recht, was da alles vorgebracht würde, es – Ich stockte.

Du schobst den leergegessenen Teller beiseite und nahmst meine beiden Hände, die auf dem Tisch lagen und mit den Fingerkuppen heftig aneinander rieben, unter die deinen. Sofort wurden sie weich. Eine Weichheit, die sich schnell in meinem ganzen Körper ausbreiten würde, wenn dein aufmerksamer Blick mich nicht so sehr zum Weitersprechen drängte, das wußte ich.

»Es hat meist etwas mit ihrem persönlichen Ungemach zu tun, wenn Schauspieler kritisieren. Mehr als bei anderen Menschen, will mir scheinen. Sie sind so sehr gezwungen, ihre Person durchzusetzen, die aus Fleisch und Blut, immer auch das Gehäuse, deshalb. Ich natürlich auch –«

»Was gefällt *dir* an diesem Regisseur nicht?« warfst du dazwischen.

Deine Frage ließ in meinem Kopf einen Tanz beginnen. Sonst war ich es gewohnt, dieses Durcheinanderwirbeln halbwegs genauer Feststellungen ungeordnet zu lassen, ich selbst war mir klar darüber, was ich meinte, und wen andren ging es nichts an, fand ich. Wie aber jetzt die einzelnen Gedanken aus diesem Reigen zerren und hinausschicken ins Gesprochene?

Ich mußte dich verzagt angesehen haben, denn du lachtest plötzlich auf. Ich lachte auch ein wenig. Dann sagte ich, dieser Regisseur sei nur einer von vielen seiner Art. Sie würden das Theater allmählich in einen Zeigefinger verwandeln, der plump auf alles hinzeige, um es auch dem Interesselosesten so deutlich zu machen, daß er nicht umhinkäme, sich zu sagen: Ich glaube, ich bin gescheit, ich verstehe das, das muß Kunst sein. Was vom Theater vertrieben würde, mehr und mehr, sei das Geheimnis hinter dem, was man bereit sei zu zeigen. Die Suche nach einem Einverständnis im Gedachten. Oder auch nach einem Einverständnis im Gefühlten. Ja, Geist und Emotion würden vertrieben, das Plakative siege auf allen Linien. Hand in Hand mit der Verpackung. Ich war jetzt in Schwung gekommen, aber du unterbrachst mich. Das wäre dir alles zu allgemein, sagtest du. »Was heißt zu allgemein«, fuhr ich auf, »wenn Regiekonzepte sich darin erschöpfen, den Darsteller des ›Eingebildeten Kranken‹ von Kopf bis Fuß zu bandagieren und bei einem griechischen Drama Bergziegen auf die Bühne zu jagen, sage ich dir damit Näheres?« Wieder lachtest du. Ob so etwas ab und zu nicht ganz lustig sei, ob ich es nicht humorvoller sehen sollte, wandtest du ein.

Ich schwieg plötzlich.

»Was ist?« fragtest du.

Ich habe daraufhin lange gesprochen, es schien aus mir herauszustürzen. Ich muß dabei sehr laut geworden sein, denn zuletzt standen die Schauspieler um unseren Tisch herum und hörten zu. Was wollte ich dir nur so eindringlich erklären, genau weiß ich es nicht mehr. Ich habe die Erregung von damals verloren und damit auch das Wissen um ihre Ursache, das liegt bereits so lange zurück. Jedenfalls begann ich damit, daß ich sagte, natürlich sollte ich humorvoller sein, Humor ist, wenn man trotzdem lacht. Aber verstehst du denn nicht, so begann, glaube ich, dieser Strom in mir aus den Ufern zu treten, verstehst du nicht, daß man vor meinen Augen das zerstört, was immer mein Leben ausmachte? Theater *spielen*, verstehst du. Jetzt wird Theater gemacht, die Macher haben auch dieses Terrain erobert, aber das Schlimmste ist die Fälschung des Ganzen. Der Mensch, die Phantasie, das geistige Konzept, die Ethik, das wirbelt nach wie vor aus den Mündern, das sind alles sogenannte Theaterbesessene, das Theater wird angeblich leidenschaftlich geliebt, und in gewisser Weise stimmt das auch. Außerhalb der Welt des Theaters gibt es für sie alle keine Welt mehr, nur manipulierbare Öffentlichkeit, und *das* ist für mich zur Schande des Theaters geworden. Es hat sein eigenes wunderbares Privileg zerstört, die Möglichkeit, ein ausgesparter Raum zu bleiben, der zwar die Sitzplätze verkauft, aber nicht sich selbst. Ich kann nicht vergessen, was ich empfand, wenn draußen auf den Straßen die Sonne schien oder Schnee fiel und ich im künstlichen Dämmerlicht einer Probebühne plötzlich unser aller seltsame Versunkenheit gewahr wurde, dieser zarten und schürfenden Beschäftigung mit etwas so Ungreifbarem wie der menschlichen Seele. Und daß wir damit so handwerklich umgingen, so ohne Zimperlichkeit, daß wir das durften: in tiefster Konzentration einen Vormittag damit zuzubringen, für die innere Erregung eines Menschen eine äußere Form zu finden, wie drückt Schmerz sich aus oder Haß oder Begeisterung, dazu das vorgeschriebene Korsett der Worte, das es zu durchdringen gilt, Himmel, es ist schwer, Theaterarbeit zu beschreiben, diese Theaterarbeit, ich möchte dir nur erklären, wie vom Schicksal begünstigt ich uns Schauspieler dabei empfinden konnte. Wir schienen offiziell dazu berechtigt, nicht effizient sein zu müssen, der vielzitierten Effizienz auf Erden entgegentreten zu dürfen. Indem wir uns mit dem Nutzlosesten befassen konnten, dem Menschenwesen. Ja, das Wesen des Menschen, sein irrendes Herz, die Kraft seiner Träume, alle vergeblichen Impulse, das Schwinden, der Tod, alles, was unaufhörlich vom Tisch der Welt gefegt wird, wir durften es zur persönlichen Erfahrung werden lassen, ohne daran zu sterben.

Jetzt schaltete sich einer der Schauspieler, die uns umringten, ziemlich heftig ein. »Aber Schatz«, sagte er, es war ein korpulenter Mann mit bombastisch dröhnendem Organ, »das dürfen wir doch immer noch. Was soll deine tragische Vergangenheitsform?«

Fast schrie ich zurück. Ja, wir dürfen so tun, als ob wir es dürften. Und ab und zu ereignet es sich vielleicht noch. Aber im großen und ganzen ringen wir doch nur um die Facetten unserer Kostüme, verstecken uns hinter weißgeschminkten Clowngesichtern und geben uns mit der flachen Karikatur des Menschen zufrieden, das läßt sich schnell bestimmen und macht weiter keine Mühe mehr, das Publikum schreit aaah! und ist von seiner eigenen schnellen Auffassungsgabe entzückt.

Das Theater sei eben kritisch geworden, sagte eine ältere Schauspielerin, die Augen rund vor Anstrengung, solches auszusprechen. Da mußte ich plötzlich lachen. Dann schwieg ich und sah dich an. Du hattest den Kopf in die Hand gestützt, und deine Augen wärmten mich. Stimmengewirr um uns, denn mein Redestrom hatte die Diskutierlust der anderen Schauspieler angeregt, sie begannen, sich an den Tischen niederzulassen, ihre Kaffeetassen abzustellen und uns zwei wieder zu vergessen. »Die Vorstellung, in der ich dich gestern sah«, sagtest du, »schien mir aber von dem Bazillus, den du beschrieben hast, noch unberührt zu sein.« – »Ja, *noch*«, gab ich zur Antwort, »ich mag dieses Wort nicht, noch.« – »Wieso denn?« Jetzt wieder dein Lächeln, dieses Lächeln, das nie abwehrte, sondern mich berührte wie deine Hände. »Es ist ein gemäßes Wort, würde ich sagen. Es ist uns Menschen gemäß. Noch leben wir. Noch ist Sommer. Noch haben wir eine Zukunft.« Ich konnte nicht anders, als diese zitierte Zukunft nicht auf die Menschheit zu beziehen, sondern nur auf uns beide. Und obwohl ich mich gleichzeitig mir selbst und ins Kindische entgleiten fühlte und mein Gesicht sich bei dieser Frage zweifellos beschämt rötete, mußte ich sie stellen: »Haben wir zwei eine Zukunft?« Es war eine dieser Fragen, auf die du mir nie geantwortet hast, auch später nicht, und ich erlebte diese stille Weigerung hier zum ersten Male. Du schautest mich einfach an, ziemlich lange und ruhig, und fragtest dann deinerseits: »Darf ich sehen, wie du wohnst?« Du schobst meine Worte so ohne Verwirrung zur Seite, als hätte ich sie nicht gesprochen. Und seltsamerweise ohne mich damit zu beleidigen. Später habe ich gelernt, diese Fragen schnell zu erkennen, die du wortlos in sich selbst zurückfallen ließest. Es waren stets Fragen nach Definitivem, nach Endgültigem. Nicht, daß du mir so eine Frage vorgeworfen hättest. Ich hatte auch nie das Gefühl, daß es dich ärgerte, daß du auswichst. Nein, du schienst uns durch dein Schweigen vor Bösem zu bewahren, die Frage sich selbst zu überlassen, aus Schonung. Denn jede Endgültigkeit ist ein Tod, hattest du einmal bei anderer Gelegenheit zu mir gesagt.

Sie hielt inne. Graues Zwielicht mischte sich mit dem Lampenschein, im Garten war das Blattwerk fahl zu erkennen. Ohne die Feder aus der Hand zu legen, stand sie auf und trat ans Fenster. Das leichte Wehen des Nachtwindes hatte aufgehört, die Bäume standen regungslos da. Es war kalt. Ihr tiefes Atemholen, um die Luft dann kräftig auszustoßen, klang wie ein Seufzen, aber ich seufze gar nicht, dachte sie. Sie fuhr sich mit der freien linken Hand über das Gesicht, als niste dort etwas. Spinnennetz oder Federn, etwas, was es wegzuwischen galt. Ein drittes Mal überlegte sie kurz, mit dem Schreiben aufzuhören und schlafen zu gehen. Der erste zarte Laut eines erwachenden Vogels war zu hören. Aber was tue ich jetzt mit mir in meinem Bett, dachte sie und rieb sich dabei die Stirn. Sie schien von Bildern eingekreist, die sich vor den grauenden Morgen schoben. Der Ansatzpunkt von Müdigkeit war längst überwunden, ihr Körper gefühllos geworden. Nur in ihrem Kopf eine alles beherrschende Wachheit.

Sie wandte sich abrupt ins Zimmer zurück, legte die Feder weg. Dann begann sie eilig, die Holzjalousien zuzuziehen, an allen Fenstern des Raumes. Sie lief in ihr Ankleidezimmer und holte dicke Wollsocken, schloß die Türe hinter sich, als sie zurückkam. Dann saß sie wieder vor ihrem Tisch, im Schein der Lampe, die nunmehr von keinerlei beginnendem Tageslicht irritiert wurde. Sie warf ihre Schuhe beiseite und schlüpfte in die Wollsocken. Sie schob die Papierblätter vor sich zurecht und griff wieder zur Feder. Ich schreibe, bis ich fertig bin, dachte sie.

Wir verließen die Kantine und das Theater. In den hellen heißen Straßen der Stadt tobte der vormittägliche Autoverkehr. Wir kamen nur langsam vorwärts, aber ich chauffierte ohne Hast. Ich hatte dich neben mir sitzen, und zu meiner Verblüffung erfüllte mich diese einfache Gegebenheit mit nichts Geringerem als mit Glück. Glück, dachte ich, ich bin glücklich, ich muß es mir sagen, daß ich glücklich bin, obwohl ich auch zu denen gehört habe, die bei Nennung dieses Allerweltsbegriffs spöttisch dreinzuschaun als ihre Pflicht betrachten, wie oft habe ich dann den Allerweltssatz hinzugefügt: was ist Glück ... mit Betonung der vielen gedankenreichen Punkte hinterher. Jetzt sitze ich neben dir in einem Auto und bin glücklich. Ich wende den Kopf und sehe dein Profil. Du fühlst, daß ich dich ansehe, und legst deine Hand auf meinen Oberschenkel, aber so leicht, daß es mich beim Autofahren nicht stört. Nur daß es uns verbinde. Wir lächeln, das Glück fließt von innen her in mein Gesicht und läßt es lächeln, seltsame Empfindung, von einem Lächeln überkommen zu werden.

So, an diesem weißglühenden Vormittag, inmitten des Motorenlärms, das Lenkrad in meinen Händen, fühlte ich mich der Gegenwart schrankenlos verbunden, ich selbst ein lebendiger Strom, Fließen und Anwesenheit zugleich. Ich jubilierte.

Als wir uns dem Bezirk näherten, in dem ich wohne, wurden die Straßen ruhiger, und ich konnte gleichmäßiger dahinfahren. Wir schwiegen beide. Erst als ich unter den Bäumen vor meinem Haus parkte, sagtest du: »Schön und schattig wie du.«

Ich besaß nicht deine Unbekümmertheit im Offenlegen meiner intimsten Umgebung, sofort bemühte ich mich, alles mit deinen Augen zu sehen, und ich fühlte mich für Jegliches mit Beschämung verantwortlich. Der Flur ist so dunkel, dachte ich, und dann meine Pedanterie im Zueinanderordnen kleiner Gegenstände, nur ich weiß vom Kräftespiel zwischen ihnen, oft rücke ich sie um Millimeter zurecht, dir muß das alles lächerlich erscheinen, auch die Art und Weise, wie ich Bücherstöße um mich auslege wie Schutzmauern, dann die vielen seidenen Lampenschirme, viel zu viele, und nirgendwo klares raumfüllendes Licht, für eine alte Schrulle mußt du mich halten, wie wohne ich denn auch, so verdunkelt und verschroben. Mir brach der Schweiß aus, während ich langsam mit dir durch das Haus ging. Und du, der du so gar nicht darauf bedacht gewesen warst, was ich in deinen Räumen empfände, es schien dir völlig egal gewesen zu sein, du kamst wortlos hinter mir her und schautest dich aufmerksam um. Schließlich blieb ich stehen und faßte dich am Ärmel. »Tu nicht so, als gingst du durch ein Museum, bitte«, sagte ich flehend. Du nahmst mich in die Arme, aber über meinen Kopf hinweg sahst du dich weiterhin um, mich leicht hin und her wiegend. »Ich habe doch gewußt, daß du sehr klein bist und daß du Schutz suchst. Schatten und Altäre.«

Ich löste mich von dir und starrte in deine Augen. Schatten und Altäre. Mein Herz ist bang wie deines. Dieser Mann geht mir zu nahe, dachte ich plötzlich, es geht mir zu nahe, ich werde es nicht überleben. Ich dachte das in aller Klarheit und ohne Furcht.

»Du gehst mir zu nahe«, sagte ich dir.

Es war einer dieser Sätze, auf die du nichts zu antworten pflegtest.

Wir blieben den ganzen Tag beisammen.

Wir hatten also eine Nacht und einen Tag miteinander verbracht, als du an der Gartentüre zu mir sagtest: »Morgen reise ich ab. Den Sommer über werde ich nicht hier sein.« Hinter dir stand mit laufendem Motor das wartende Taxi. Über den Bäumen dämmerte ein veilchenblauer Abendhimmel. Unter mir tat die Erde sich auf. Ich konnte mich nicht bewegen, einer Verschütteten gleich. Ich konnte auch nicht sprechen. Ich konnte dich nicht fragen, warum du mir das nicht früher gesagt hattest. Auf den Liegestühlen im Garten, als das warme Laub über uns fächelte. Am Küchentisch, als wir weichgekochte Eier und Toast gegessen und zwei Flaschen Wein dazu getrunken hatten. Auf meinem Bett, im Halbdunkel des Schlafraums, während der Nachmittagswind träge in den Bäumen rauschte und deine Hände mich erforschten. Warum hattest du mir nicht vorsichtig beigebracht, was mir drohte? Warum dieser schnelle Hinweis bei laufendem Taximotor. Du hättest mich festhalten müssen und es mir zartfühlend sagen: Nicht erschrecken, ich komme ja bald wieder, das soll keine Trennung sein, was immer man Verschleierndes über diese Verwundung legen kann, warum bist du so schonungslos, warum gehst du so mit mir um, in mir begannen alle diese Fragen aufzuschreien, Fragen, von denen ich meinte, sie lägen für alle Zeiten hinter mir, Fragen, wie enttäuschte Frauen sie stellen, aber doch nicht ich, ich, seit langem hinter meiner Vernunft und Unerreichbarkeit verborgen, ich, große Geste, lachender Verzicht, ich ernähre mich selbst, ich brauche niemanden, ich lebe, wie ich will, und wie's da drin aussieht, geht niemanden was an. Und jetzt diese schreienden Fragen in mir, die ich nicht stellte, die aber mein Gesicht von innen her in Stücke schlugen. Mit meinem Gesicht mußte eine Veränderung vorgegangen sein, denn du tratest nochmals ganz nahe zu mir her. Ich hatte die Augen gesenkt, ich wußte, daß sich in ihnen Tränen zu sammeln begannen. In meiner Mundhöhle sammelte sich Bitternis. Ich hörte deine Stimme über mir, du sprachst leise. »Versuche die Bilder zu vergessen, immer die Bilder von dem, was du leben willst. Lebe in allen Wirklichkeiten. Wir sind wirklich, fühlst du es nicht? Wir haben einander nicht beraubt. Kein Dieb verläßt dich jetzt. Niemand kann dich verlassen, wenn du in der Wirklichkeit lebendig bist, und du bist es. Vergiß deine Pläne und Vorhaben. Wir werden uns wiedersehen.« Als du mich küßtest, waren meine Lippen bereits naß von fließenden Tränen. Ich sah dich nicht mehr an. Ich hörte dich in das Taxi steigen, die Wagentüre zuschlagen, das Geräusch des davonfahrenden Autos sich in der Gasse verlieren.

So, dachte sie, das wäre geschafft. An ihrer Erleichterung erkannte sie das Ausmaß ihrer eigenen Scheu, diese erste Trennung zu schildern. Dieses erste Losgerissenwerden, die Umklammerung zerschlagen wie das verflochtene Geäst einer Hecke. Sie atmete tief, nachträglich fuhr etwas durch ihren Körper, ein Schaudern, mir schaudert heute noch.

Draußen mußte bereits heller Morgen sein, sie sah es durch die dünnen Ritzen der Jalousien. Das Zimmer jedoch war genügend verdunkelt, sich außerhalb des Scheins der Tischlampe weiterhin im Nichts zu verlieren. Ab und zu fuhr ein Auto durch die Gasse, diese frühen Autos, an deren Geräusch man zu erkennen meint, daß ein müder Mensch sie antreibt.

Sie selbst fühlte keine Müdigkeit, nur das Bedürfnis, Kaffee zu trinken. Sie erhob sich, verließ das dunkle Zimmer und ging in die Küche hinüber, Wasser aufzusetzen. All die anderen Räume, die sie durchschritt, waren von schmalen, sehr blassen Sonnenbahnen durchzogen, überall war es kühl, die Kühle eines frischen Aprilmorgens. Vor dem Küchenfenster glänzten die jungen Ahornblätter. Als die Flamme unter der Wasserkanne brannte, ging sie zurück an den künstlich erleuchteten Tisch, schloß wieder die Türe hinter sich, suchte zeitlose Dunkelheit. Es würde eine Weile dauern, bis das Wasser heiß war. Sie legte das zur Hälfte beschriebene Blatt zur Seite und begann auf einem neuen weiterzuschreiben. Als könne der Abstand zum Weitererzählen nicht groß genug sein.

An diesem Abend saß ich vor dem Fernsehapparat, bis es auf allen Programmen nur noch in grellem Weißgrau aus dem Bildschirm rauschte. Ich hatte nichts wahrgenommen, aber meine Gehirnwindungen schienen genügend abgetötet zu sein, danach. Ich warf mich ins Bett und schlief übergangslos ein.

Im Morgengrauen schrillte das Telephon. Ich hatte es im Nebenzimmer stehen und tappte mit zitternden Beinen hinüber. Mein Herz klopfte so heftig, daß ich die Schläge hinter meiner Stirne zu spüren meinte. Warum bin ich so wahnsinnig erschrocken, dachte ich, nur halb bei Bewußtsein, als ich den Hörer abhob. Aber ich wußte, daß ich deine Stimme hören würde. »Hör mir zu«, sagtest du, es klang ein wenig angetrunken. Hinter dir die Geräusche einer Wirtsstube oder Bar, Gläserklirren und dumpfes Sprechen. »Hör mir genau zu. Mach nie wieder so ein Gesicht, als hätte ich dich geschlagen. Wir haben keine Absicht miteinander. Aber ich halte dich hoch, verstehst du –« Du mußtest dich räuspern, und ich hatte durch das Telephon den Eindruck, daß du deine Augen riebst.

»Länger als du überhaupt von mir Kenntnis genommen hast, kenne ich dich und halte ich dich. Aber niemals werde ich dich festhalten. Und du mich auch nicht.« Ich zitterte immer noch und klapperte mit den Zähnen. Trotzdem zwang ich mich zu sprechen. »Laß nur«, sagte ich, »ich schlafe schon, und es geht mir wieder gut. Natürlich werde ich dich nicht festhalten, nie, keine Sorge.« Meine Stimme klingt so, daß er gleich wieder sagen wird, ich sei sehr klein, dachte ich. Aber du schwiegst. Ich hörte nur die fernen Gesprächsfetzen der Menschen um dich und ein unfrohes Frauenlachen. »Weißt du, daß ich dich liebe?« sagtest du plötzlich, aufseufzend. »Du scheinst ein Mensch zu sein, der hören muß, um zu fühlen. Also lasse es dir gesagt sein. Ich liebe dich.« Ich stand in meinem morgengrauen Zimmer, hielt den Telephonhörer an mein Ohr gepreßt und konnte kein Wort mehr sagen. Ich fühlte deinen Atem. »Laß uns frei, Geliebte.« Du sprachst jetzt leise, ich wußte, daß der Alkohol dich so sprechen ließ, so von dir selbst abgelöst. Es klickte, du hattest aufgelegt.

Das Wasser muß kochen, dachte sie. Ihre Augen hingen an dem letzten Satz, den sie geschrieben hatte, als wären sie dort festgeschraubt. Trotzdem legte sie die Feder aus der Hand und stand auf. Schließlich riß sie ihren Blick an sich zurück und ging wieder zur Küche hinüber. Mittlerweile hatte sich die Morgensonne so blitzend erhellt, daß sie beim Betreten der anderen Zimmer blinzeln mußte. Sie ging so schnell, daß sie auf dem Holzfußboden der Küche fast ausglitt. »Hoppla«, sagte sie leise und nebenbei, während sie Kanne, Filter und Kaffeedose bereitstellte. Das heiße Wasser dampfte bereits, kurz hielt sie ihre klammen Finger in den warmen Rauch. Laß uns frei, Geliebte. Der Kaffeegeruch stieg kräftig hoch, als sie aufgoß. Sie füllte eine große geblümte Schale und gab reichlich Milch und Zucker dazu. Mit beiden Ellbogen auf dem Küchentisch lehnend, trank sie schlürfend und langsam. Die Ahornwipfel wirbelten in der Morgenbrise, ein leuchtender Frühlingstag kündigte sich an. Der Kaffee tat ihr gut. Laß uns frei, Geliebte. Wie sich das sagt. Ein kurzer melodischer Satz. Hat Eleganz. So leise und rauh, wie du ihn in das Telephon gesprochen hattest, genau so müßte man es mit ihm halten, wenn er einem im Dialog eines Theaterstückes begegnen würde. Laß uns frei, Geliebte. Über der dampfenden Kaffeeschale sprach sie den Satz leise und rauh vor sich hin. Dann lachte sie noch leiser und noch rauher. Es sitzt einem in den Knochen: Sätze kosten, dachte sie. Mir begegnen Sätze, und ich koste sie, schmecke sie ab. Versuche sie zu erfühlen, ihnen im Innersten zu begegnen. Gewohnheitssache. Der heiße Kaffee hatte ihren Körper durchwärmt. Draußen schien das durchsonnte Frühlingslaub gegen die Fenster zu stürmen. Sie überlegte. Als du damals in mein Ohr sagtest: Laß uns frei, Geliebte, da floß dieser Satz an mir ab wie an einem Stein, ich konnte ihn nicht halten, oder wollte ich steinern sein für ihn, damit er mich nicht anrühre. Ich stand lange regungslos da, und dieser Satz konnte mich nicht erreichen, spülte über mich hinweg. Sie nahm einen letzten Schluck, stand auf, stellte die bunte Schale in den Ausguß und schritt lautlos in das dunkle Zimmer zurück. Ein abschiednehmender Blick in die Helligkeit der anderen Räume, ehe sie die Türe hinter sich zuzog.

Die Sprünge, dachte sie, jetzt kommen die Sprünge in unserer Geschichte, ich muß über Strecken meines eigenen Lebens hinwegspringen, um dich immer wieder zu erreichen.

Terrakottarot und veilchenblau bemalte Stufen aus Stein, tief unten ein schattiger, steingefaßter Fluß. Ich stieg hinab. Das hatte ich geträumt, als ich nach deinem Anruf nochmals in das Bett gekrochen und eingeschlafen war. Dieses Bild buntbemalter Steinstufen, die so unerbittlich in die Dunkelheit und Tiefe hinunterwiesen, und wie widerstandslos ich sie beschritt, das begleitete mich nach dem Erwachen. Ich bewegte mich durch das Haus und stieg gleichermaßen abwärts, die Farbe dunkelte, der Fluß rauschte, Schatten nahm mich auf. Schatten und Altäre, dachte ich und hörte mein eigenes Auflachen. Ich schob Möbel und Gegenstände zurecht, schminkte mein Gesicht so sorgfältig, daß keine überflüssige Linie die Bemalung verriet. Ich selbst die Maske. Ich zog mich zurück in die Verkrampfung, befahl mir Starre.

Ich hatte noch einige Vorstellungen zu spielen, ehe das Theater für die Sommerferien schloß. Noch einige Male saß ich in der Wirtshausstube, fühlte mein fahles Gesicht unter den Neonlampen sich lebhaft verziehen, sprach bis spät in die Nacht und trank Weißwein. Das schüttere Vorgärtchen mied ich, Stimmengewirr und Zigarettenqualm konnten mich nicht dicht genug einhüllen. Ein-, zweimal fragte man mich nach dir, wo ist er denn geblieben, unser Freund? Und so beiläufig, wie gefragt wurde, bemühte ich mich zu antworten, Sommer, Sonne, Heimatluft. Ach ja, der hat ja Familie da unten, ich hörte diese Bemerkung eines Schauspielers, obwohl er sie leise am anderen Ende des Tisches fallenließ, ich hörte sie so laut, als hätte er geschrien.

Dies geschah am letzten Abend der Saison, eine größere Runde als sonst hatte sich abschiednehmend zusammengefunden. Ich saß neben der schönen fülligen Schauspielerin, deren hellblondes Haar sich heute besonders zu kräuseln schien. Sie hob ihre Hand, die auf der Rückenlehne meines Sessels lag, und krabbelte mir leicht den Rükken. Als ich sie ansah, lachte sie. Ich weiß nicht, ob auch sie die leise Bemerkung vernommen hatte, jedenfalls fühlte sie sich bemüßigt zu sagen, daß nichts einen Schauspieler so sehr reifen ließe als Pech in der Liebe, macht nichts, dafür Glück beim Spielen, sie schrie es mir ins Ohr, der Lärm um uns herum übertönte es für alle anderen, schau mich an, wie das Pech mich reifen ließ, und sie beklopfte mit der anderen Hand ihre eigene üppige Taille, dabei lachte sie nochmals mit ihren prächtigen Zähnen, ich werde reifen, bis ich platze. Dann wandte sie sich der Wirtin zu, die gerade mit erhitztem Gesicht und einigen Bierkrügen in den Händen an uns vorbeiging, und schrie ihr, noch um einiges lauter, eine Bestellung zu, mir den Schweinsbraten bitte, und ohne zu säumen, ich verhungere. Dadurch enthob sie mich der Aufgabe, reagieren zu müssen. Auch ich drehte mich heftig in eine andere Richtung und griff übergangslos in ein Gespräch ein, faßte wie wild nach irgendwelchen letzten Worten, die gerade noch in mein Bewußtsein gedrungen waren, mir war, als müsse ich mich selbst überschreien. Man hatte über Charakterlosigkeit gesprochen, ich wußte nicht genau, wessen Charakterlosigkeit gemeint war, aber da Schauspieler es jemandem ankreideten, mußte es sich um einen Menschen des Theaters handeln, kaum eine Welt, die so sehr bei sich selbst zu bleiben pflegt, also rief ich: Theater sei in sich ein Instrument der Inkonsequenz, das müsse man begreifen lernen, wer am Theater festhielte, könne keine ethische oder moralische Haltung vertreten, sicher, es gäbe Abstufungen von Anständigkeit, aber letztlich müsse das gelten, was den Prinzipien des Theaters genüge, wem etwas anderes wichtiger würde, der sei am Theater verloren, es ist eben ein inzestuöser Verein, sagte ich abschließend, Charakter sucht ihr da vergebens, eine schreckliche große Familie ist das, schrecklich wie jede Familie.

Ich weiß nicht mehr, ob ich diesen Stein des Anstoßes mutwillig geworfen hatte oder ob es nur meine eigene Verwirrung war, die mich in eine solche Schärfe trieb. Jedenfalls erntete ich wütenden Widerspruch, ich sei auf exzessive Weise selbstgerecht, wie ich dazu käme, so von oben her zu kritisieren, ich solle einmal meinen eigenen Charakter unter die Lupe nehmen, schließlich hätte ich mich bislang ganz gut gehalten in diesem Verein,

ein ganz schön opportunistisches Töchterchen in der lieben Familie, wo sei denn meine vielzitierte Haltung zu finden, ich solle endlich versprechen, was es zu halten gelte, und nicht immer mit meiner diffusen Empörung daherkommen, und so weiter, das prasselte auf mich los wie ein Gewitterregen. Na, na, na, versuchte die Blondgekräuselte in ihrer üppigen Güte mich zu schützen, indem sie den Arm um meine Schultern legte und immer wieder ihr hilfloses Na, na, na in den Tumult warf, in meiner Stadt Ausdruck halbherziger Zurechtweisung. Ich selbst hielt still, weniger weil dieses Gescholtenwerden mich niederdrückte, sondern weil ich plötzlich den Anwürfen gegen mich eine glasklare Aufmerksamkeit schenkte. Sie haben recht, dachte ich, ich sollte mich selbst unter die Lupe nehmen. Ich fühle mich ausgegrenzt und habe diese Grenzen noch niemals bestimmt. Ich fühle mich überlegen und habe mir noch nie wirklich überlegt, warum. Ich saß regungslos da, und in mir öffnete sich ein großer und sehr heller Raum.

Schließlich verebbte der Zorn der anderen, einige begannen zu lachen, was für ein Sturm im Wasserglas, sagte einer. Verzeih mir, knurrte eine jüngere Schauspielerin zu mir her, aber manchmal gehst du einem auf die Nerven, ja wirklich, stimmte man zu, ein blödes Huhn bist du manchmal, und sie begannen sich wieder auf ihre Biergläser und lustigen Geschichten zu konzentrieren, die Erregung fiel so plötzlich auseinander wie eine abgeblühte Pfingstrose.

Sie sind rührend, murmelte die schöne Blonde neben mir, Schauspieler sind rührend, wenn sie sich aufregen, und sie stopfte ein Stück Schweinebraten in ihren weichen gierigen Mund. Was für eine schöne Gier, dachte ich und betrachtete mit höchster Aufmerksamkeit diese schlüpfrigen und zupackenden Lippen, sie glänzten rosig unter triefendem Fett, die ebenso rosige Zunge holte den Überschuß mit einem blitzschnellen Darüberhinweggleiten ein, ohne daß der Mund seine Kaubewegung unterbrach. Schweigend saß ich, mein Blick schien von der Rotation, die aus Kiefer, Zähnen und Lippen und deren heftigem Genuß am Verschlingen entstand, ebenfalls aufgesogen zu werden. Ich starrte auf den Mund und wurde Beute. Der große helle Raum in mir verglomm, denn du betratest ihn, dich dunkel ausbreitend, du kautest von innen her, es fraß sich in mein Herz, der hat Familie da unten, abgetragener blauer Frottee, Geruch nach Häuslichkeit, Frauengeruch, was für eine schöne Gier, immerwährendes Verschlingen. Ich schloß die Augen.

Die schöne Blonde rüttelte mich am Arm und fragte, immer noch kauend, ob mir schlecht sei.

Ich schüttelte den Kopf. Aber du bist blaß, sagte sie, du nimmst alles viel zu tragisch, auch das verdammte Theater nimmst du viel zu tragisch. Nein, gab ich zur Antwort, ich nehme es nicht tragisch, nur ernst. Das ist es eben, lachte sie auf, man darf es nicht ernst nehmen, nichts darf man ernst nehmen, aber nehmen muß man sich alles, kapiert? Und bist du nicht willig, so brauch ich Gewalt. Sie spießte neuerlich ein Stück Schweinebraten auf ihre Gabel und zwinkerte mir zu. Dann wurde sie plötzlich ernst. Ich weiß, ich weiß, ich benehme mich wie ein Kind unserer Zeit und bin es gar nicht, du hast ganz recht, wenn du mich so skeptisch anschaust, als würde ich gerade Bauchtanz üben, aber glaub mir, wir alle müssen auf unsere Art Bauchtanz üben, schön unseren Arsch schwingen und schau'n, daß Geld hereinkommt. Sie biß in das Fleischstück, als müsse sie es totbeißen. Dann warf sie einen kurzen Blick zu mir her, in dessen Tiefe es glitzerte. Nimm auch mich nicht ernst, sagte sie mit vollem Mund, der Schweinebraten ist ausgezeichnet, willst du kosten?

Ich blieb viel länger sitzen, als ich wollte, nur weil es mir unangenehm war, vor allen anderen aufzustehen und meine Verabschiedung und Wünsche für einen schönen Sommer und macht es gut und bis zum Herbst in die Runde zu werfen. Die

Gesichter würden sich zu mir herdrehen, ein wenig gelangweilt, ich würde alle Gedanken in ihnen lesen können, Ablehnung, ironische Gutmütigkeit, das Lächeln unwahrer Freundschaften. Ich würde einen roten Kopf bekommen und zu laut sprechen. Meine Hände würden gestikulieren, als müsse ich sie wieder einfangen. Ich würde mich sicher so zerfahren abwenden, daß ich über die Wirtin oder einen Sessel stolpern müßte, dann mein Gelächter, als amüsiere mich das selbst, und ein Scherz, über den kein anderer lachte. Schweißgebadet würde ich schließlich auf der Straße stehen. Wie fremd ich mich fühle, dachte ich, wie verbindungslos, sobald die verbindende Tätigkeit erlischt.

Ich blieb also sitzen und schaute mich um, schaute all die Gesichter und Hände und Bewegungen an, mir wohlbekannt und sogar vertraut, aber ich ohne Kenntnis und Vertrauen. Schon ein Davongehen in die sommerliche Distanz vom Theater, ein isoliertes Sich-Erheben und Abgehen, das keinem Bühnenabgang entsprach und auch nicht der üblichen nächtlichen Verabschiedung mit Tschau und kurzem Winken, schon dieser winzige Einbruch persönlichen Lebens ohne Theaterbezogenheit weckte in mir die Empfindungen eines verwirrten Fremdlings.

Als der allgemeine Aufbruch einsetzte, erhob ich mich im Schutze dieses Durcheinanders, drückte ein paar Hände, küßte einige Wangen, sehr herzlich die blassen weichen der Wirtin, die mir gleichzeitig freundschaftlich auf die Schulter hieb, und schlüpfte möglichst unbemerkt ins Freie. Aufatmend saß ich im Auto und fragte mich, warum wohl diese Erleichterung, dieses Gefühl des Entronnenseins? Wie immer chauffierte ich langsam durch die nächtliche Stadt. Ich ging dieser Frage nach, weil ich am Rande meines Bewußtseins die Gedanken an dich lauern fühlte, ich wußte, daß ich von ihnen umzingelt war. Es war wohl in dieser Nacht, während ich mein Auto heimwärts lenkte, daß mich zum ersten Male eine Ahnung davon überkam, daß ich dabei war, mich von dem abzulösen, was Inhalt meines Lebens gewesen war. Oder augenscheinlicher Inhalt. Vielleicht nur Halt. Krücke. Oder das Gegenteil von Lebensinhalt: Lebensäußerung. Der leichte Fahrtwind strich durch mein Haar und bewegte es, berührte mich lau an Wange und Hals. Ich fuhr dem Theater davon, ich fühlte es. Es blieb nicht nur geographisch hinter mir zurück.

In den nächsten Tagen gewann ich Übung darin, die Gedanken an dich zu vermeiden. Es war, als hätte ich mich in meinem Kopf ähnlich verbarrikadiert, wie ich es in meinem Haus tat. Ich verließ es kaum, nur um meine wenigen benötigten

Lebensmittel zu besorgen. Es waren sehr warme und üppige Sommertage, sie reihten sich makellos aneinander. Stundenlang lag ich im Liegestuhl unter den Gartenbäumen und ließ meine Augen durch das träge fächelnde Laub gleiten. Gegen Abend trank ich ein Glas Wein und aß eine Kleinigkeit. Oft saß ich bis spät in die Nacht vor dem Fernsehapparat.

Ich hatte vorgehabt, mit meiner Schwester und deren Mann nach Griechenland zu reisen. Kurz entschlossen sagte ich ab. Es geschah von einer Sekunde zur anderen, ich griff zum Telephonhörer und sagte, daß ich nicht mitkommen würde. Was hast du denn vor? fragte meine Schwester, und auf mein: nichts! hörte ich sie förmlich den Kopf schütteln, aber sie äußerte sich nur mit einem knappen: Wie du meinst, vergiß nicht, deinen Flug abzubestellen.

Mir war ungewöhnlich wohl zumute, als das geschehen war. Ich ging über die Steintreppe in den Garten hinaus, blieb auf der Wiese stehen und betrachtete meine Füße, die nackt waren. Ich räkelte die Zehen und sah um sie herum die kleinen blassen Dolden blühenden Klees. Dann hob ich den Kopf. Mein Garten verschließt sich mit dichten und hochgewachsenen Hecken gegen die Nachbargrundstücke, und in diesem Augenblick erfüllte mich das mit Behagen. Ich setzte mich ins

Gras und legte meine Arme um die angezogenen Knie. So war ich als Kind dagesessen, wenn ich mich hinter den Brombeerhecken oder Ribiselstauden versteckt hatte, nicht, um ein Spiel zu spielen, sondern um unauffindbar zu sein. Dieses dem Geruch des Erdreichs Näherrücken, auch dem Getier, plötzlich Vergrößerung, Vermehrung und wachsende Bedeutsamkeit all dessen, was man sonst nicht sieht, ich geriet in dieselbe Empfindung, saß mitten in der Wiese, als hätte ich mich in ihr aufgelöst. Und ich kann hier sitzen, so lange ich will, dachte ich, ich kann hier sitzen bleiben, bis ich tatsächlich aufgesaugt bin, hinweggespült, verendet, mein Ende und mein Anfang, mein Auf und Nieder, in niemandes Verantwortung übergeben, nicht einmal in meine eigene, was ruft mich noch.

Was ruft mich noch. Ich legte meine Stirn fest auf die Knie, mit geschlossenen Augen. Dieser Druck verhinderte ein Weiterlaufen meiner Überlegungen in eine Richtung, die ich ihnen untersagte. Ich wollte nicht an dich denken, in keiner Weise. Denn auch Gedanken an deine Wärme, an meine eigene Berührbarkeit, das Erwachen lebendiger Empfindungen, welche du aus mir geholt hattest wie Feuer aus fast vergloster Asche, auch diese Gedanken mündeten allzuschnell in Überlegungen anderer Art, die mir den Himmel schwärzten. Nein, ich wollte nicht an dich denken. Aus.

Trotzdem vergaß ich dich keine Sekunde, wie man seinen eigenen Körper nicht vergißt, auch wenn man ihn nicht beachtet. Du warst in mich gelegt. Auch zurückgehalten und verdeckt, nahmst du meine Mitte ein. Ich trug dich in mir wie eine Leibesfrucht.

Leibesfrucht, dachte sie, schönes pathetisches Wort. Sie legte die Feder weg, stützte die Handflächen gegen die Tischkante und preßte mit gedehnten Armen ihren Rücken gegen die Sessellehne. Die Wirbelsäule schien sich dadurch zu strecken und wieder aufzurichten, hatte sie ihr doch plötzlich so verkrümmt geschienen, so über den Tisch geneigt, als wäre sie nie mehr ins Lot zu bringen. Ich übertreibe, dachte sie, nach wie vor neige ich zu diesen selbstzerstörerischen Übertreibungen, wie es scheint. Ich sollte pausieren, meine Finger schmerzen, und diese trockene Hitze in meinem Gesicht, als dörre es aus, ich bin schrecklich übernächtigt. Zwischen den Holzplättchen der Jalousien blitzte der Tag herein, plötzlich hörte sie auch Vogelstimmen, vorbeisurrende Autos und das Lachen eines Kindes im Nachbargarten. Nochmals streckte sie ihre Arme gegen die Tischkante, drehte den Kopf einige Male hin und her, um den steif gewordenen Hals zu lockern, und stand dann mit Entschiedenheit auf. Als sie die Zimmertüre öffnete, mußte sie kurz die Hände vor die Augen legen, so wild glänzte die Frühlingssonne durch das übrige Haus. Sie seufzte auf und schaute auf die Uhr. Später Vormittag bereits. Langsam schlich sie in das Badezimmer, plötzlich von unsäglicher Erschöpfung erfaßt. Sie wusch ihr Gesicht mit kaltem Wasser, zu mehr konnte sie sich nicht aufraffen. Dann löschte sie die Tischlampe im Schreibzimmer, ließ es aber verdunkelt. Auf dem Weg zu ihrem Schlafraum strich sie leicht über Möbelstücke hin, Sessellehnen, Kommodenränder, rückte eine pfauenblaue Seidendecke zurecht, die schräg über ein Tischchen hinweghing, drückte eine offengebliebene Schranktüre zu, ihr war, als müsse sich durch diese Berührungen ihre Umwelt, die Welt ihrer Gegenwart, wieder festigen.

Im Schlafzimmer empfing sie die dort herrschende beständige Dämmerung. Sie warf sich auf die Überdecke des Bettes, so wie sie war, in Hausjacke, Rock und Wollsocken. Auf dem Rükken liegend, schaffte sie es noch in letzter Sekunde, die Hand zu heben und sich die Hornspange aus dem Haar zu ziehen, weil sie schmerzhaft in den Nacken drückte. Die Spange wegzulegen gelang nicht mehr, so schnell schlief sie ein.

Ein leichter Wind bewegte die Bäume, das Laub raschelte.

Linker Hand hielt ein Zaun aus geflochtenen Weiden die wuchernden Sträucher zurück, in der Höhe jedoch breiteten die Baumwipfel sich aus und überschatteten den Weg. Warme und bewegliche Sonnenflecken drangen durch diesen Schatten und lagen auf den flachen, grasdurchwachsenen Steinen. Sie ging barfuß dahin, ihre Fußsohlen schmiegten sich bei jedem Schritt an diese erwärmten und glatten Flächen, die Gräser berührten sie zart. Sie ging nicht schnell. Hellblaue Luft hinter dem Grün, dort muß das Meer sein. Sie beschloß, sich durch den Weidenzaun zu kämpfen, bog die Ruten auseinander und preßte ihren Körper vorwärts. Kopfüber fiel sie in Blätter und Geäst. Ihr Gesicht und ihre Arme bluteten, sie hinterließ eine Spur roten Blutes im Laub. Sie kroch durch das Gehölz abwärts und gelangte in schwarzes Lavagestein, so zackig und scharfrandig, daß ihre Fußsohlen zerschnitten wurden. Der Himmel hing jetzt tief und war fast ebenso dunkel wie das Gestein, schwarz zogen die dichten Wolken dahin. Nur das Blut, das sie verlor, leuchtete dunkelrot. Das Meer rauschte in der Tiefe, aber sie konnte nicht an sein Ufer gelangen, die schwarzen Felswände waren unüberwindlich.

Ich muß dorthin, wo das Meer ist, flüsterte sie vor sich hin, ich muß zum Meer, ich muß es fühlen, und sie kletterte weiter, zerschnitten und blutend.

Der Wind war heftiger geworden und warf eine halbgeschlossene Jalousie knallend zu.

Jetzt wird es mir aber zu blöd, dachte sie, ich will an dieses verdammte Meer, nein, nicht verdammt, ersehnt. Ich will hin, und kein Traum der Welt soll mich davon abhalten. Also springe ich zurück auf den sonnengefleckten Weg mit seinen warmen, flachen Steinen. So. Meine Haut hat sich wieder geschlossen, kein Blut mehr. Abwartend ging sie am Weidenzaun entlang, der ab und zu ein wenig klapperte. Der Meerhimmel war wieder blau und weit. Die Bäume rauschten. Sie atmete tief. Plötzlich endete der Zaun. Ja, linker Hand breitete sich eine Wiese aus. Sie betrat diese Wiese und schritt durch die hohen Gräser abwärts. Sie sah nur auf ihre Füße hinunter, sah blühenden Klee zwischen ihre Zehen dringen und wieder zurückbleiben. Am Schub, den ihr Körper erhielt, konnte sie erkennen, daß die Wiese immer abschüssiger wurde. Dann plötzlich Geröll, kleine runde Steine, weiß. Sie ging weiter. Langsam schob sich gelber Sand zwischen die Kiesel, schönster Meersand in der Nachmittagssonne. Sie ging weiter. Das

Geröll blieb zurück, nur noch kleine Steinchen, erdrot, taubengrau, ocker. Eine Muschel.

Sie hielt den Atem an und ging weiter. Plötzlich Nässe, feuchter Sand, eine erste kleine Welle, zart wie ein Kindermund. Dann reichte ihr das Wasser bis zum Knöchel, rauschender schon und heftiger. Da erst hob sie den Kopf.

Vor ihr lag das Meer.

Als ein neuerlicher Windstoß die Holzjalousie krachend gegen das Fenster warf, wachte sie auf. Genauso, wie sie sich hingebreitet hatte, lag sie auf dem Bett, grade ausgestreckt, sogar die Haarspange noch locker in der Hand. Ihr Körper schien schwer vor Entspannung, schwer, ihn wieder zu regen, eine tiefe Erwärmung hielt ihn nieder. Auch ihre Augenlider schienen sich kaum heben zu wollen, lagen wie warme Tücher über den Augäpfeln, hüteten noch die Bilder des Traums, Meerbilder, Kobaltbläue, die Ferne eines Horizonts, der sich vergoldete und in die Endlosigkeit vordrang, Flächen aus Messing, gespiegeltes Gewölk. Sie selbst der Blick eines Vogels, der darauf zuflog. Nicht Vogel, nur sein Blick, von Höhe und Schnelligkeit umgeben, die Endlosigkeit endlos verfolgend. Sie mußte sich schließlich zwingen, die Augen zu öffnen, ein nochmaliges

Krachen der Jalousie half ihr dabei. Das Halbdunkel des Schlafraums hatte sich zu Düsternis vertieft, es kann doch unmöglich schon Abend sein, dachte sie. Mit Anstrengung rappelte sie sich hoch. Als sie die lärmende Jalousie schließen wollte, sah sie, daß der strahlende Tag sich blaugrau bewölkt hatte, der Wind wühlte in den Bäumen, und es mußte bereits geregnet haben, das frische Laub war feucht. April macht, was er will, sie konnte sich dieses Kindergedankens nicht erwehren, es gab Sätzchen dieser Art, die sie durchs Leben zu begleiten schienen, übermäßig tief in das kindliche Bewußtsein geritzt und bis zum Überdruß wiederkehrend. Where there is a will, there is a way, zum Beispiel. Ihre Englischprofessorin hatte ihr diese Ermunterung in ihr Poesiealbum geschrieben. Sie hatte die Poesie dieser Verse, die von den Schulkameradinnen zum Teil mehrmals benutzt worden waren, schnell übergehabt, Stahl und Eisen bricht, nur meine Liebe nicht, hatten ihr die ungeliebtesten Mädchen hineingeschrieben, auch verlangten einige sehr unangenehm häßliche Wesen: Wenn dich unter Scherz und Kosen einmal sollt der Schluckauf stoßen, dann, du Liebe, denk an mich, denn das war bestimmt nur ich. Angesichts dieser Schrekkensvisionen ließ sie das Album für immer geschlossen.

Einzig die zwei Zeilen der Englischprofessorin hatten sie ein Leben lang verfolgt. In säuberlicher Lehrerinnenschrift waren sie in das maiglöckchenverzierte Buch geschrieben.

Where there is a will
there is a way

Bei den unsinnigsten Erwägungen erhoben sich die zwei Zeilen in ihr, brav notiert, unauslöschbar einen Ratschlag erteilend, den sie zu hassen begann, Wille darf Weg, Art und Weise nicht diktieren, Fluch der kleinen dicklichen Professorin im schwarzen Clothmantel, Fluch der beständigen Wiederkehr ihrer wohlmeinenden Worte.

Also, dachte sie, wie harmlos dagegen der Hinweis, daß der April macht, was er will. Und vor allem richtig. Jetzt prasselte der Regen gegen die Fenster, es war so finster, daß sie einige Lampen andrehte. Auch die in der Küche, ehe sie sich einen kleinen Imbiß zubereitete, Rührei und Tomaten, dazu ihr übliches Glas Weißwein. Kauend saß sie am Tisch und schaute in das regengepeitschte Ahornlaub hinaus. Wie düster, dachte sie, und erst früher Nachmittag, die Finsternis herrschet auf Erden, des soll der Mensch belehret werden, aber Schluß jetzt mit den Kindersprüchen, sie schlug sich leicht gegen die Stirn, ehe sie den Sessel zurückschob, aufstand und ihre Arme hochstreckte, um den von Schlaf und Mahlzeit träge gewordenen Körper wieder in Spannung zu bringen.

Spannung. Sie lächelte, während sie das benutzte Geschirr abspülte, Spannung, was für ein vielumworbener Zustand damals. Das muß mehr Spannung haben, heute bist du völlig spannungslos, was ist denn, die ganze Vorstellung heute war ohne Spannung und kaputt deshalb, immer diese Zurechtweisungen und immer zu Recht, deshalb der unaufhörliche Kampf um dieses Etwas, Spannung genannt. Ein Ausgespanntsein bis in die letzten Fugen des Körpers und mehr noch, in die letzten Fugen der seelischen und gedanklichen Möglichkeiten. Nur dieses Ausgespanntsein ermöglicht Konzentration, ein Auf-den-Punkt-Kommen durch Weitung. Paradox, dachte sie, aber nichts an der Schauspielerei läßt sich erklären, ohne daß es paradox klänge, es ist wie mit dem Leben, die Schauspielerei und das Leben lassen sich eben nicht erklären, beides kann man nur tun. Oder lassen.

Sie polierte ein wenig zu lange an dem feuchten Glas herum, als hätte sie die Übersicht über das Geschehen in ihren Händen verloren, ihr Blick hing im Leeren. Warum genau hatte sie die Schauspielerei gelassen? Um in ein inneres Leben einzutreten? Läßt es sich so einfach beschreiben? Irgend etwas wurde unvereinbar. Dabei glaubte sie lange Zeit, gerade mit Hilfe des Theaters wäre es möglich, den heißen Kern unserer menschlichen Existenz zu berühren oder ihm zumindest näherzukommen, heiße und pulsierende Lebendigkeit, nicht das froschkalte Leben der normalen Sterblichen. Aber ich selbst lebte wie ein Frosch, fuhr sie sich dazwischen, ängstliche Sprünge und Ungewißheiten, sobald das Theater mich nicht hielt, und ich fror in meiner eigenen Existenz. Das zu erkennen hast du mich gelehrt. Und als ich es erkannt hatte und Wärme des Lebens erfahren, löste ich mich vom Theater, die Trennungen gingen Hand in Hand.

Jetzt endlich stellte sie das blinkende Weinglas an seinen Platz, nachdem ihr der Automatismus ihrer eigenen Handbewegungen aufgefallen war. Ja, die Trennungen gingen Hand in Hand.

Sie breitete das feuchte Geschirrtuch über den Herdrand und drehte das Licht in der Küche ab. Im Badezimmer wusch sie sich die Hände. Dann wanderte sie langsam durch die regendüsteren Räume, ließ vereinzelt die Seidenlampen brennen, kleine Quellen von Helligkeit, pfirsichgelb, pfingstblumenrosa, die umstehenden Gegenstände schwach einfärbend. Im Schreibzimmer herrschte absolute Dunkelheit. Sie trat an den Tisch und erleuchtete seine Fläche durch einen schnellen Knopfdruck. Stöße beschriebener

Blätter, auf die sie herniederschaute, wie einer schaut, wenn er nach Hause zurückkommt, prüfend und begrüßend. Ich trug dich in mir wie eine Leibesfrucht, las sie, während sie, bereits sitzend, den Sessel näher an den Tisch schob und die Feder zur Hand nahm.

Ich glaube, daß ich mich in diesen Sommer zurückzog, um dich in mir zu nähren. Die Muße und Gleichförmigkeit der Tage spülte mich dahin wie ein vollbeladenes Schiff auf ruhigem Gewässer. Der Riß deiner so schnell und überraschend erfolgten Abreise vernarbte, da ich ihn von Grübeleien unberührt ließ. Ich schaffte es auch, die aufkeimenden Bilder eines benutzten blauen Morgenmantels, in den die Formen eines weiblichen Körpers warm hineingelegt schienen, zu verweisen, der hat Familie dort unten, ich warf diesen Satz aus meiner Seele, wie man Steine aus einem Feld schleudert.

Manchmal griff ich zum Rollenbuch, um mich für die im Herbst anstehende Theaterarbeit vorzubereiten. Sonnenflecken tanzten auf den Seiten, ich saß zurückgelehnt, nahm Sätze flüsternd in den Mund, versah sie mit inneren Bildern, die Frau, die ich sah, zitterte von der Mitte her und trug eine sanfte Stattlichkeit und heitere Ruhe als

Korsett, schnürte damit das Zittern von Langeweile und Begierde in sich hinein, ich sah sie unter Bäumen ruhen wie mich selbst, eine kurze vage Überschneidung von Vision und Existenz, die vom Vorgeschriebenen widerrufen wurde, nein, sie liegt irgendwo im Inneren des alten Landhauses, es ist heiß draußen, und in ihr die Hitze der Ungeduld. Ein Gesicht, weiß wie eine gehäutete Mandel, und Hände, die ruhig über den Falten eines honiggelben Satinkleides lagen, ja, honiggelb sollte es sein, und die plötzlich flattern wie aufgescheucht. Ein leichtes Zucken in meinen Fingern, während das Bild der Frau in meinem Innern die Gebärde vollzog. Nichts würde jemals die Dichte und Schönheit dieser inneren Bilder erreichen, ich wußte es, immer zu Beginn der Probenarbeit der wehmütige Abschied von ihnen, kein Können, keine Erfahrung, keine Intensität war in der Lage, sie festzuhalten, sie schienen nur dem Innern anzugehören, unveräußerbar. Aber sie bilden den Horizont, bleiben der ferne Himmel, in den hinein man auffliegen möchte, während man sich die Welt eines Stückes untertan zu machen versucht.

Das große blaugebundene Buch lag in meinem Schoß, barg auf seltsame Weise Zukunft, die einzige Zukunft, der ich, bei aller Ungewißheit, trauen konnte. Wie oft hatte ich mich an diesen

Rollenbüchern angehalten, sie auf allen Wegen mit mir getragen, leicht eingerollt unter der Armbeuge oder obenauf in die große Umhängetasche gestopft, nicht um sie zu gebrauchen, sie zu lesen oder aus ihnen zu lernen, nein, sie sollten mich sichtbar begleiten, Beweis meiner Existenz.

Aber jetzt, inmitten meines sommerlichen Gartens, fühlte ich mich auf ungewohnte Weise unabhängig davon, das Buch glitt mir von den Knien, die honiggelbe Frau verlor sich im Duft der Akazienbäume, die in voller Blüte standen. Am Ende des Gartens war ein kleiner Akazienhain wild aufgewachsen, den ich seit Jahren gewähren ließ und dessen Geruch mir zum Inbegriff des Sommers wurde. Auch der Strom zu erlernender Sätze versickerte darin, nichts schien standzuhalten, wenn die warmen Luftstöße von dort zu mir herdrangen. Wenn ich das aufgeblätterte Rollenbuch wieder aus dem Gras zu mir hochzerrte, bedurfte es einer mühevollen Rückkehr. Zum ersten Mal schien ich nicht mit bedürftiger Bereitwilligkeit in die Welt der Imagination zu gleiten, die Realität umgab mich magischer. Der Blätterschatten erschien mir magischer. Ein Abendhimmel, der dünn wie Seide wurde, erschien mir magischer. Mein einsames Dasitzen erschien mir magischer als der Gedanke an eine Frau, die so dasäße. Ich fühlte zum ersten Mal und mit atemberaubender

Plötzlichkeit, daß ich mich selbst zu bewohnen begann.

Inmitten dieser Tage, die mich still und sommerlich umhüllten, erreichte mich der Brief eines Journalisten. Er enthielt die Aufforderung zu einem Interview für eine dieser populären und bunten Wochenzeitschriften. Während ich ihn las, brachte ich ihn mit einer starr gewordenen Hand in größtmögliche Entfernung zu meinem Körper. Etwas Feindliches schien mich ereilt zu haben, eine Stimme, die sagte, was soll das, für sich sein gilt nicht, ist Makel, Zurückgezogensein verboten, das große Maul der Öffentlichkeit will gefüttert werden, und wer sich einmal zum Öffentlichkeitsfutter machen ließ, wird nur noch getötet entlassen, sich entziehen wird mit dem Tode bestraft.

Ich stand auf der Treppe zum Garten, Wärme stieg vom besonnten Stein auf, aber der Briefbogen warf einen kalten Schatten. Wir wollen eine größere Geschichte mit Ihnen machen, eine Sommergeschichte, leuchtend, lebenssüchtig. Der Journalist verstieg sich schon brieflich in den gehobeneren Anspruch. Interessant wären Hinweise über Ihre Beziehung zu südlichen Ländern. Vielleicht zum Südländer, zum südländischen Mann schlechthin, im rauschenden Leben einer Schauspielerin gibt es da doch sicher Erfahrungswerte. Der Journalist war sogar brieflich in der

Lage, mich mit dem gewissen schiefen Gesichtsausdruck anzuschauen, der Menschen eigen ist, die konstant ihre eigene Scham vergewaltigen müssen. Wir brauchen Photos, klarerweise, an Ihr Haus ist gedacht, vielleicht begleiten wir Sie auf einer Reise? Photos allein, zu zweit, Farbe, Leben, ein sommerlicher Lebensbericht schwebt uns vor. Wir hoffen auf schnelle Zusage, mit den besten Grüßen. Eine Amsel flog auf, zwitschernd an mir vorbei, es klang wie ein kleiner erschrockener Schrei. Die glühende Tagesmitte schien sich verdunkelt zu haben. Meine Mundhöhle war wie ausgetrocknet. Ich wandte mich dem Haus zu. Mit starr von mir gestrecktem Arm trug ich den Brief durch die abgedunkelten kühlen Zimmer bis hin zum Telephon. Ich wählte die Nummer der Zeitschrift und ließ dem Journalisten ausrichten, das Interview wäre leider nicht möglich, ich behalte meinen Sommer für mich, konnte ich mich nicht enthalten hinzuzufügen. Bitte? fragte die Sekretärin. Nicht wichtig, sagte ich, es geht jedenfalls nicht, schöne Grüße. Ich legte auf, ging mit dem Brief vor das Haus, zur Mülltonne, die hinter Holunderbüschen steht, und warf ihn hinein, er sollte Abfall werden. Ich schüttelte meine Hand aus, als müsse sie etwas loswerden, das auf ihr klebengeblieben war. Schließlich lief ich hinauf in das Badezimmer und wusch mir die Hände, nicht in Unschuld, dachte ich dabei, nur mit Zitronenseife, Zeitungsgeruch auf meinen Fingern, Geruch nach Ehrlosigkeit und Abverkauf, ich weiß nicht, wieweit Zitronenduft ihn vertreiben kann.

Um meinen trockenen Mund zu erfrischen, nahm ich eine Schüssel Birnen mit hinaus in den Garten, dazu ein kleines Messer. Als ich bequem unter den Bäumen saß, zerschnitt ich die Birnen sorgfältig und schob mir die Stückchen zwischen die Lippen, wie bei einem kleinen Kind, ich fütterte mich und kaute gehorsam. Der Saft der Birnen schmeckte süß. Es waren gelbe Birnen. Und wieder einmal geriet mir ein Satz in den Sinn, den ich mir in meiner Jugend eingeprägt hatte. Als ich zum ersten Mal Hölderlin gelesen hatte, war ich daran hängengeblieben.

mit gelben Birnen hänget
und voll von wilden Rosen
das Land in den See

Ich schmeckte und fühlte und sah mit diesen kurzen drei Zeilen eine solche Fülle, ich war inmitten, Jahreszeit, Landschaft, Empfindung, alles erzählt, das ist Dichtung, hatte es in mir aufgeschrien, das genau. Es gibt Wesentlicheres von Hölderlin, mein Kind, lächelte die Deutschprofessorin herablassend, und ich hörte schnell auf, mit ihr darüber zu sprechen. Aber es war einer der ersten Sätze, die ich *kostete,* immer wieder sprach ich ihn vor mich hin, abends vor dem Einschlafen, wie an Stelle eines Gebetes, auf meinen Spaziergängen zwischen den Schrebergärten, manchmal sang ich ihn auch, fand vielerlei Melodien dafür, die ich mir alle nicht merkte, die dem Augenblick gehörten.

Und jetzt saß ich wieder, den Mund fruchtig vom Birnengeschmack, und sagte die drei Zeilen. Sie reinigen, dachte ich und nahm ihren sanften Rhythmus nochmals in meine Stimme

> mit gelben Birnen hänget
> und voll von wilden Rosen
> das Land in den See

Ich sprach leise, zurückgelehnt, Laubschatten auf mir, und kehrte zurück in meinen Sommer. Die Verse beruhigten mich so, daß ich schließlich einschlummerte. Es war ein leichter, durchsichtiger Schlummer, ich wußte es trotzdem, wenn eine Fliege mir über den Arm trippelte oder Vögel in großer Nähe vorbeischwirrten.

Und ich hörte plötzlich in der Tiefe des Hauses das Telephon läuten, mir bleibt ein Rätsel, wieso ich es hören konnte. Ich lag ziemlich weit draußen im Garten, und meine Schwester hatte sich schon oft beschwert, wenn du draußen bist, hörst du *nie* das Telephon, das macht mich rasend, ich lasse es stundenlang läuten und nichts, tu was dagegen. Als ich sie fragte, was denn so dringend gewesen sei, seufzte sie ungeduldig auf, ach du.

Aber trotz meiner Lässigkeit hörte ich jetzt plötzlich das Telephon in meinen Halbschlaf hineinklingen, feine, regelmäßig abgesetzte und anhaltende Rufe.

Ich stand auf, stieg über die Schale mit den Birnen, die im Gras stand, strich im Weitergehen meinen Rock glatt und sah, während ich es tat, daß die tiefer stehende Sonne ihn durchleuchtete wie ein Weizenfeld, das sich bewegt. Ich gähnte leicht, als ich das Haus betrat. Weiterhin schrillte das Telephon, aber ich beschleunigte meine Schritte nicht, mir war, als dürfe nichts dazugetan werden, nichts, kein Atemzug, keine Geste zuviel, nur eine gleichmäßige Annäherung würde mich rechtzeitig ans Ziel kommen lassen, ja, es wurde mehr und mehr ein Ziel, auf das ich zuging, aber Windstille um mich, ein ausgesparter Raum, eine Glocke aus Atemlosigkeit.

»Wie geht es der schattigen Frau?« fragtest du. Deine Stimme klang nah und warm in mich hinein. Ich konnte nichts antworten, als hätte eine Lähmung mich ergriffen. »Wo bist du, Geliebte?« Die zweite Frage stelltest du leise, und ich hörte dich atmen. Mir war, als müsse ich mich aus einer stummen Tiefe emporreißen, als ich sagte: »Ich bin da und am Leben.« Wieder diese Schwächlichkeit meiner Worte, als wehrten sie sich gegen eine Ohnmacht. Du lachtest ein wenig. »Du bist da und am Leben, weiß Gott. Ich habe Sehnsucht nach dir.« Wie du das sagen konntest, ich habe Sehnsucht nach dir, ein unaussprechlicher Satz, klebrig vor Abgegriffenheit, und da sagtest du ihn plötzlich so, als wäre er eben geboren.

Wir sprachen nicht sehr lange miteinander, denn du fragtest unvermittelt, ob wir einander nicht irgendwo sehen sollten, ob ich dich treffen wolle. Ob ich dich treffen *will*, wiederholte ich fassungslos. Du beschriebst ein Hotel und wie ich dorthin gelangen könne, ich warf einige Fragen auf, die du unbeantwortet zur Seite schobst mit dem Hinweis, du wärst also in einer Woche dort, in jedem Fall, ich solle es mir überlegen. Aber, sagte ich. Kein Aber, du kommst oder nicht, nur dein Wunsch zählt, keine Verpflichtung, kein Plan.

Als ich den Telephonhörer aufgelegt hatte, saß ich eine Weile unbeweglich da, damit das Dröhnen meiner Herzschläge sich wieder lege. Ich fahre ihm hinterher, dachte ich, er winkt mit dem kleinen Finger, und ich sause los, natürlich werde ich sausen, ihm hinterherlaufen, wenn's drauf ankommt, seid ihr Weiber alle läufige Hündinnen, hat mir ein böser Freund einmal gesagt, weil ich ihm nicht hinterhergelaufen war, aber dir laufe ich jetzt nach, ich werde einen Platz in einem Flugzeug buchen und dir hinterherfliegen, dorthin, wohin du mich bestellt hast, ohne jeden Stolz und ohne Vorbehalt. Ich seufzte tief und freudig auf und ging wieder in den Garten hinaus. Der Rock schwang um meine Schenkel, die Nacktheit meiner Haut wurde mir durch diese Berührung bewußt. Ich biß nochmals in eine Birne, diesmal, ohne sie zu zerteilen, der Saft floß über mein Kinn, und ich wischte ihn mit der bloßen Hand wieder weg, mein Gesicht und meine Finger würden kleben, Süße überall, ich räkelte mich im Liegestuhl, morgen bestelle ich den Flug, ich werde fliegen, auffliegen, zu dir fliegen.

Sie hatte plötzlich das Bedürfnis, die Jalousien aufzuklappen, stand schnell auf und hantierte an den Verriegelungen. Nachdem sie ein Fenster von seiner hölzernen Verschalung befreit hatte, öffnete sie es. Immer noch trieben schwarze Wolkenfetzen über den düsteren Himmel, und es regnete. Das Laub triefte, und ein starker feuchter Geruch schlug in das Zimmer. Sie hielt eine Hand in den Regen hinaus, bis sie naß war, dann fuhr sie sich damit über das Gesicht.

Ihre Augen brannten. Die kühlen Windstöße aus dem Garten taten ihr wohl. Sie lehnte sich mit beiden Armen auf die Fensterbrüstung und blieb eine Weile so stehen. Ich werde fliegen, auffliegen, zu dir fliegen. Sie schaute in das dunkle Gewölk hinauf, immer noch Feuchtigkeit auf den Wangen, als hätte sie geweint.

Dieser Himmel ist undurchdringlich, dachte sie, zurück in unsere Geschichte. Als sie sich wieder an den Tisch setzte, strich sie einige Haarsträhnen, die sich in der Feuchtigkeit gewellt hatten, hinter den Ohren zurecht.

Es gelang mir, die Tage bis zu meiner Abreise ruhig zu verbringen. Aber diese Tiefe an Trägheit und Gedankenleere, in die ich eingetaucht gewesen war, ehe dein Anruf kam, eingetaucht, um mich zu bewahren, sie erreichte ich nicht wieder. Zwar blieb die Witterung sommerlich schön, zwar lag ich nach wie vor stundenlang unter den Gartenbäumen, manchmal das Rollenbuch auf meinen Knien, auf dem die Sonnenflecken sich bewegten und auf theatralische Weise Worte oder Satzteile aufleuchten ließen, oft ergab ich mich dem Spiel, das Erleuchtete ernst zu nehmen, als hätte man mir eine Betonung vorgeschrieben, immer bist du auf der Suche nach einem höheren

Befehl, sagte ich mir selbst und spielte weiter. Zwar blieb ich also bei Muße und spielerischer Beschäftigung, aber in der Tiefe rauschte es jetzt, rauschte es dir entgegen. Nachts lag ich oftmals wach. Dann überschüttete mich die Dunkelheit mit Bildern. Ich sah uns beide einander entgegenlaufen, ich sah uns wie in Zeitlupe, die Landschaften um uns verschwimmend, nur unsere Gebärden in langsamer Eindringlichkeit, es schien, als bewegten wir uns unter Wasser.

Ich vermied jede Eile, als wirke sie zerstörend. Mir war, als würdest du mir verlorengehen, wenn ich dich hastig aufsuchte. Meinen Koffer packte ich erst am Morgen des Abflugs, und ich ließ mir Zeit dabei. Ich schloß sorgfältig alle Fenster des Hauses und führte ein längeres Gespräch mit der Aufwartefrau, einer fülligen älteren Person mit überaus rosigen Wangen. Sie kam seit Jahren zu mir, in regelmäßigen Abständen meist nur, wenn ich verreiste. Ihre lautstarke, bedeutungsschwere Art, sich der Säuberung des Hauses anzunehmen, diese staubaufwirbelnde Inbrunst ließ ich meist ohne meine Anwesenheit gewähren, war ich daheim, blieb ich lieber für mich.

An diesem Morgen sprach ich ausführlich mit ihr, wir spazierten auch durch den Garten, und ich erklärte ihr die Anschlüsse für den Wasserschlauch, sie pflegte das von einem Sommer zum nächsten zu vergessen. Sie half mir, alle Liegestühle zusammenzuklappen und in das Gartenhäuschen zu tragen. Der heutige Tag war wolkiger als die vorangegangenen, kann sein, daß sich das Wetter verschlechtert, sagte die Frau, es war ja viel zu lange schön. Warum viel zu lange? fragte ich, und sie sah mich erstaunt an, na ja, bei uns regnet's doch immer im Sommer, ein Glück, daß Sie gerade jetzt in den Süden fahren, sie schien zu genießen, wie ich für meinen Teil dem Schlechtwettereinbruch ein Schnippchen zu schlagen in der Lage war. Vielleicht bleibt es schön, sagte ich, aber sie schaute in die ziehenden Wolken hinauf und schüttelte den Kopf, es wird kippen, blieb sie erbarmungslos bei ihrer düsteren Prognose, und ich widersprach nicht mehr.

Als sie gegangen war, zog ich mich um, und auch das ohne Hast. Ich sah, daß sich mein Gesicht in den vergangenen Sommertagen leicht gebräunt hatte, ich sah es, als ich mich schminken wollte. Also unterließ ich es, konturierte nur Lippen und Augen ein wenig, ganz ohne schaffe ich es nicht, dachte ich, ich kann nicht nackt unter die Leute gehen, und ich lächelte mir im Spiegel zu und gefiel mir.

Ja, dachte sie, es war wohl um diese Zeit, daß ich anfing, mich selbst ansehnlich zu finden. Daß ich anfing, mich auch ohne Maskierung zu ertragen. Ich war nicht mehr jung, als ich damit anfing. Das hat mir später das Altern erleichtert.

Da sie am Ende einer Seite angelangt war, zog sie ein unbeschriebenes Blatt Papier zu sich her. Der Regen hatte aufgehört.

Ich fuhr mit dem Taxi zum Flughafen. Der Fahrer hatte mich erkannt und freundlich begrüßt. Er sprach die ganze Fahrt über auf mich ein, und ich hörte ihm nicht zu. Aber ich lächelte und nickte. Es fiel mir überaus leicht zu lächeln, irgendein Lächeln in mir sehnte sich sogar danach, freigelassen zu werden.

Und ich stieß überall auf Freundlichkeit, als wäre es der Widerhall meiner eigenen hellgestimmten Seele. Die hübschen Mädchen am Abflugschalter strahlten mich an, der Mann hinter der Paßkontrolle scherzte mit mir, Arbeit oder Vergnügen? fragte er, um meine Reisestimmung zu ergründen, und ich schrie förmlich: Vergnügen! Die Stewardessen erschienen mir ebenfalls außerordentlich hübsch zu sein, die ganze Welt von heiteren und sorglosen Menschen erfüllt. Lachende und lebhafte Stimmen erhoben sich im Inneren des Flugzeuges, heftige Böen fuhren draußen über das Flugfeld und ließen jegliches flattern und wirbeln, dessen sie habhaft wurden. Der Horizont schimmerte, weiße Wolkenbänke eilten dahin. Ich lehnte mich auf meinem Fensterplatz in den Sitz zurück und schloß kurz die Augen. Kein Überschwang, bat ich mich selbst, auch dabei kein Zuviel, keine Übertreibung, langsam, schön langsam, nicht diese Atemlosigkeit, atme ruhig durch und bleibe am Grunde dessen, was dich so hochgestimmt sein läßt. Durch das Fenster fiel Sonne auf meine im Schoß ruhenden Hände. Die Maschine startete und stieß in den Himmel hinauf.

Sie hob ihre linke Hand und strich sich über die Stirn. Ein Klopfen dahinter, als wollten Kopfschmerzen beginnen. Sie rieb ein wenig kräftiger zwischen den Brauen, meine Augen sind wohl überanstrengt, dachte sie, das alte Lied mit der Brille. Dann stützte sie das Kinn in die Handfläche und sah aus dem Fenster. Wie am gestrigen Nachmittag begann der Himmel aufzureißen und tiefblau zwischen den Wolken hervorzuleuchten. Vor ihren Augen fiel der erste Schub Sonne in die Bäume, und wie immer fiel er ihr gleichzeitig ins Gemüt, das wird nie anders sein, solange ich lebe, dachte sie, daß das unvermittelte Hervorbrechen von Sonnenschein ebenso unvermittelt mein ganzes Wesen erleuchtet, Helligkeit über jeglicher Trauer. Solange ich lebe. Sie senkte ihre Hand und betrachtete sie unter der Tischlampe, die nach wie vor brannte. Sehr viel hellbraune gerunzelte Haut, sie schien loser geworden zu sein, die Finger darunter sehniger. Der Handrücken voll brauner Flecken, vorläufig sahen sie aus wie Sommersprossen, aber sie wußte, bis wohin das gedeihen würde, ihre Hände glichen zu sehr denen ihrer Großmutter und würden auch dieselbe großfleckige Musterung bekommen. Sie hatte die Hände ihrer Großmutter gerne angesehen, gerade der dunklen bräunlichen Runen wegen, du bist eine halbe Negerkönigin, hatte sie zu der alten Frau gesagt, weil dein Vater Norweger war, hast du nur dunkelbraune Flecken, aber deine Mutter kam aus dem Stamm der Atolis, in Schwarzafrika, sie war dunkel von Kopf bis Fuß und hat geglänzt wie reifer Holunder, sie war eben eine ganze Königin, und ihre Großmutter hatte gelacht und gesagt, du, immer mit deinen Geschichten, und war ihr mit der braungefleckten Hand ins Haar gefahren, warte mal, bis du so alt bist wie ich, vielleicht bist du dann auch eine halbe Negerkönigin.

Sie drehte die Tischlampe ab. Die Sonne lag jetzt strahlend über den Gärten.

Es war einer dieser Flüge, die einen wahrhaft von Erdenschwere zu befreien scheinen. Rundum eine Bläue, die grenzenlos ausfloß. Nachdem ich aus den Plastikschüsselchen gegessen und dazu eine kleine Flasche Wein getrunken hatte, preßte ich meine Stirn gegen das Fenster und ließ die Blicke schweifen, weit hinaus, in kaum noch wahrnehmbare Horizonte. Über der violetten Erdoberfläche schwebten durchsichtige Wolkenbäusche und sammelten sich um die Gebirgsketten. Dann wandelte sich die Färbung der Welt langsam, sie wurde zimtrot und orange, lag wie eine erhitzte Herdplatte unter dem Flugzeug. Flußläufe schnitten ihre kobaltblauen Rauten dazwischen hinein. Der Horizont dunstete fliederfarben.

Möchten Sie noch Kaffee? Oder Cognac? fragte eine dunkelhaarige Stewardeß mit blütenweißer Gesichtshaut und karmesinrot bemalten Lippen, als sie lächelte, leuchteten ihre Zähne, nein danke, sagte ich und fühlte all die Farben um mich wie Atemzüge.

Wir landeten pünktlich. Als ich das Flugzeug verließ, schlug mir Hitze entgegen. Warum haben die hier so eingeheizt? versuchte hinter mir ein Mann seine Überraschung humoristisch zu tarnen. Es hüllte einen ein wie mit heißen trockenen Tüchern, legte sich dicht auf Gesicht und Arme, zwang dazu, langsam zu atmen.

Das Flughafengebäude war nur schlecht gekühlt, Menschenmassen drängten lärmend dahin. Ich fühlte, wie mein Gesicht feucht wurde und die Bluse unter meinen Achseln naß. Meine Reisetasche kam als eine der letzten auf dem Förderband herangerollt, ich packte sie mit einem Seufzer der Erleichterung, fand kein Wägelchen und schleppte sie eigenhändig ins Freie. Schnell, nur schnell, dachte ich, und ich gestand mir jetzt meine Eile auch zu. Turnschuhe und Freizeithemden schienen mich einzukreisen, ein dicker Strom, und darauf schwimmend die Köpfe erschöpfter Touristen, hastend, geöffnete Münder, Blicke der Verzweiflung, schweißnasses Haar, was haben sie nur alle, dachte ich, sie sehen aus wie Süchtige knapp vor Einnahme ihrer Droge, auf jeden Fall sehen sie nicht so aus, als ob sie an irgend etwas Freude hätten.

In der glühenden Sonne balgte man sich um Taxis. Ich stellte meine Reisetasche im Schatten ab und wartete eine Weile. Auf einer Rabatte blühten riesige Oleandersträucher, ein träger Luftzug bewegte sie, und ihr Duft drang über die verschwitzten und schreienden Menschen bis zu mir her. Ich dachte an ihre kümmerlichen Anverwandten zurück, die unseren ersten tiefen Blick mit dem leisen Knistern ihrer Blätter umsäumt hatten, und ich sandte ihnen angesichts dieser üppigen Schwestern eine Art Gruß, ja, ich ertappte mich dabei, daß ich flüsterte, kein Oleander der Welt kann es mit euch aufnehmen, Kopf hoch, ihr fernen kübelgefangenen Exemplare, aber da stand endlich ein leeres Taxi vor mir. Der Fahrer, ein dunkelhäutiger kraushaariger Mann jüngeren Alters, hob mein Gepäck in den Kofferraum, schloß ihn knallend, und wir stiegen ein.

Ich nannte ihm all die Namen, die du mir befohlen hattest zu nennen, falls ich mich wirklich auf den Weg zu dir machen sollte. Ich hatte alles auf einen Zettel geschrieben, der Taxifahrer lauschte eine Weile verständnislos, sicher sprach ich jedes Wort falsch aus. Schließlich nahm er das Papier an sich und las die Namen, die du mir buchstabiert hattest, nickte jetzt, die Sache schien ihm klar zu sein, und fuhr los.

Wir streiften die Stadt nur an ihren Randbezirken, breite und dichtbefahrene Autostraßen zwischen endlosen, betongrauen Wohnblöcken, nichts unterschied sich von anderen städtischen Vororten, nur flimmerte der Staub in der Hitze, die Luft über dem Asphalt schien zu brennen. Ich lehnte mich zurück und zwang mich zur Bewegungslosigkeit. Der Fahrtwind fuhr mir glühend ins Gesicht. Als ich die Augen schloß, überkam mich ein leichter Schlummer, ich schien sanft und regelmäßig gerüttelt im Inneren eines Backofens zu ruhen, ergeben wie ein Brotlaib. Im Halbtraum sah ich dich vor mir hergehen, die Hände in den Hosentaschen, du gingst auf einer Asphaltstraße zwischen unfertigen Häusern, die Sonne stand dicht über dir. Plötzlich wandtest du dich abrupt um und lachtest mich an. Du zogst eine Hand aus der Tasche, und aus ihr sprang ein Blumenstrauß wie bei einem Zauberer. Es war ein Strauß hellblauer Hortensien, und ich dachte, du würdest ihn mir reichen. Aber du schleudertest ihn in mein Gesicht, die weichen Blumen verstopften mir Mund und Augen, ich rang nach Luft –

Schnell wurde ich hellwach, mein hortensienblauer Musselinschal war vom Fahrtwind gegen mein Gesicht geweht worden und lag dicht darauf gepreßt, ich zog ihn hastig herunter und atmete tief ein. Dann schüttelte ich den Kopf, so etwas Blödes, dachte ich und wollte lachen, aber es gelang mir nicht. Ich sah dich nach wie vor heiteren Gesichts diese Blumen zu mir herschleudern wie ein Geschoß, das kommt von meinem Schal, so sind Träume, ich habe unter meinem Schal geträumt, wies ich mich zurecht, aber die Erschrockenheit wollte mich nur schwer verlassen.

Wir fuhren bereits durch offenes Land, flach und baumbestanden. Die mehrspurige Schnellstraße leuchtete dunkelblau und verlor sich vor uns flimmernd in der Hitze. Die nachmittägliche Sonne stand bereits tiefer, aber um so mehr schien die aufgeladene Erde heiße Luft auszuströmen. Ich band mir den Schal mehrmals um den Kopf, um mein zerzaustes Haar zurückzuhalten, das Tanzen der Haarspitzen auf meiner feuchten Gesichtshaut erschien mir unerträglich. Andererseits war es unmöglich, die Fenster zu schließen, ich hielt mich dem hereinstürzenden Wind entgegen, obwohl auch er so heiß war, als käme er aus einem Haarfön. Ob es noch lange dauert, dachte ich, du hattest von etwa eineinhalb Stunden gesprochen, und mir war unklar, wieviel Zeit mittlerweile vergangen war.

In einer Ortschaft, aus der eine kornblumenblau bemalte Kirche zwischen niederen weißgestrichenen Häusern aufragte, bog der Fahrer von der großen Autostraße ab. Wir fuhren jetzt unter Eukalyptusbäumen dahin, ihr Duft schlug sofort ins Innere des Wagens. Und plötzlich schien sich alles zu verändern, das Auto schwang gemächlich die schmale gewundene Straße entlang, der Baumschatten milderte die Hitze, und der

Gesang unzähliger Grillen übertönte das Motorgeräusch. Ich beugte mich aus dem Fenster und sog die Gerüche des Landes in mich ein, das mußte Wacholder sein, Mimosen, heißes Gras und Holz, was da so roch. Ich sah geschälte Baumstämme aufragen, die in der Nachmittagssonne farbig aufzuleuchten begannen, ocker, erdrot, violett, Korkeichen, dachte ich, nur sie häutet man in dieser Weise, sie standen da wie nackte Gebärden, schreiend erstarrt.

Die kleine Straße erreichte eine Anhöhe, man konnte die hügelige Landschaft weit überschauen. Das Licht war golden geworden. Mein Herz klopfte so sehr, daß mein ganzer Körper davon vibrierte.

Das Auto schlängelte sich jetzt wieder tiefer, tauchte wieder in Bäume ein. Der Mann fuhr schneller, im Rückspiegel sah ich sein Gesicht und erkannte die Erleichterung darin, mich bald absetzen zu können. Wir überquerten einen kleinen Fluß, der sich zwischen tiefgrünem Schilf glatt und blau dahinschob. Zwei Störche flogen auf, ich hatte lange keine fliegenden Störche mehr gesehen und schaute ihnen hinterher, solange ich konnte. Der Fahrer lächelte mir durch den Rückspiegel zu, und ich lächelte zurück. Wir hatten die ganze Fahrt kein Wort miteinander gewechselt, wie auch, wir verstanden einander nicht, aber dieses Lächeln, weil ich wie ein Kind den Störchen hinterhergeschaut hatte, das war uns beiden verständlich.

Nach einer Straßenbiegung sah ich das flache rote Ziegeldach zwischen den Baumwipfeln auftauchen. Man mußte nochmals abzweigen, das Auto rumpelte, der Weg war nicht mehr asphaltiert, und ich hörte den Fahrer einen leisen Fluch ausstoßen. Wir gelangten an ein großes hölzernes Einfahrtstor, das offenstand. Als wir hindurchgefahren waren, knirschte feiner Kies unter den Rädern. Wir hielten auf einem Vorplatz, auf dem einige andere Autos geparkt standen. Ehe ich ausstieg, bezahlte ich dem Mann die Taxifahrt, es dauerte eine Weile, ehe ich die von ihm genannte Summe verstand, ich wühlte in den mir fremden Geldscheinen und hatte endlich den passenden in der Hand, mit einer Geste gab ich zu verstehen, daß er ihn zur Gänze behalten könne, ich griff zu meiner Reisetasche, war dabei, die Autotüre zu öffnen und hob meinen Blick.

Ich hob meinen Blick direkt in dein Gesicht. Du standst an das Auto gestützt und schautest mich an. Ich flog auf. Ich flog in deine Augen, ich barg mich in ihnen, Wärme um mich, es umschloß mich sofort, es ist beschlossen, dachte ich, es ist beschlossen. Wir lächelten nicht. Ich stieg aus, du nahmst mich in die Arme, ich legte meinen Kopf auf deine Schulter und in deinen Geruch, du hieltest mich sehr fest, unsere Körper mündeten ineinander wie Flüsse. Die Zeit erlosch.

Es war die Stimme des Taxifahrers, die in uns eindrang wie ein geworfener Stein, es zog Ringe, sie breiteten sich aus, wir lösten uns langsam voneinander. Er sprach dich in deiner Sprache an, hielt meine Reisetasche, in seinen Augen stand die Ungeduld geschrieben. Du gabst eine lächelnde Antwort und nahmst ihm die Tasche ab. Der Mann warf sich erleichtert in sein Auto, ließ es übermäßig laut anspringen, fuhr knirschend los und um die Biegung davon.

Jetzt erst sah ich mich um. Ein ebenerdiges Gebäude, davor eine überdachte Terrasse, auf der Korbmöbel und erdrote Tontöpfe mit großblättrigen Grünpflanzen standen. Auf der anderen Seite des Kiesplatzes war hinter einer üppigen Rabatte voller Schwertlilien eine weite Seefläche sichtbar, es bedurfte jedoch sicher eines kleinen Spazierganges, dorthin zu gelangen. Das jenseitige Ufer war von flachen Hügeln begrenzt, auf denen reglos und in weiten Abständen Bäume mit ausladenden Kronen standen, in der späten Sonne wirkte es, als lagerten dort goldfarbene Wolken. Der See hatte die Bläue, die das Licht eines wolkenlosen Abends Gewässern zu verleihen pflegt, und große weiße Vögel zogen über ihn hinweg. Ich wandte meinen Kopf zum Haus zurück und sah dich im Gespräch mit einer jungen blassen Frau, sie war klein wie ein Kind, trug ein schwarzes Kleid mit weißem Kragen, und ihre freundlichen Augen bewegten sich lebhaft. Du winktest mich zu dir, sie sei die Direktrice dieses kleinen Hotels, sagtest du und stelltest uns einander vor. Ich schüttelte die winzige, ebenfalls sehr blasse Hand, und die Frau lächelte mich an. Dann zogst du mich in das Innere des Gebäudes, alle Gänge waren mit roten Fliesen ausgelegt, sie glänzten, und es roch leicht nach Bohnerwachs. Im Zimmer, in das du mich führtest, waren die Fenster hermetisch verschlossen und abgedunkelt, das ist bei uns so üblich, sagtest du, wegen der Hitze, während du die Metalljalousie hochzogst und die bis zum Boden reichenden Fensterflügel öffnetest. Davor befand sich ein kleiner Garten voll tropischer Gewächse, eine Palme knisterte im Luftzug, und vom Dach strömten blühende Glyzinien am Fenster vorbei. Ich setzte mich auf das Bett und starrte dich an, mir war, als könne alles plötzlich wieder verschwinden, was ich sah.

Du kamst zu mir, hocktest dich vor mich hin und nahmst meine Hände in die deinen. »Du bist wirklich hier«, sagtest du, »du bist zu mir gekommen.« Ich betrachtete aufmerksam dein Gesicht, keine Rune, keine Nische hatte ich vergessen, ich fand es wieder, bis in seine kleinsten Äderchen, deine Augäpfel glänzend, wie ich sie kannte. Aber dahinter, in der Tiefe der Augen, gewahrte ich eine Dunkelheit, die mir neu war. »Ich bin bei dir«, sagte ich. Der Schatten in deinem Blick schien sich zu verdichten, aber ohne diesem seine Wärme zu nehmen. Während du aufstandst, zogst du auch mich hoch, das Essen hier wäre herrlich, ob ich nicht auch schon Hunger hätte, fragtest du. O ja, ich würde mich nur ein wenig erfrischen. Wir küßten uns. Als du das Zimmer verlassen hattest, mußte ich mich kurz auf das Bett legen, so sehr drohte auch mein Körper mich zu verlassen. Ich verbarg mein Gesicht in den Armen.

Natürlich, sagte sie laut vor sich hin, legte die Feder zur Seite und schüttelte ihre Hand aus. Dann massierte sie sie ein wenig. Du bist zu mir gekommen. Ich bin bei dir. Natürlich hatte ich den Schatten in deinen Augen bereits kapiert, dachte sie, und sie war gleichzeitig erstaunt darüber, daß sie es so grimmig dachte. Dieser Grimm schien ihr verblieben zu sein wie eine Tätowierung.

Obwohl immer noch Sonne durch die Bäume drang, wurde es wieder empfindlich kühl. Sie stand auf und schloß das Fenster. Dabei, sich wieder wegzuwenden, erspähte sie das Flugzeug mit seinem nachfolgenden, zart gezeichneten Streifen. Es flog in großer Höhe. Sie preßte ihre Stirn gegen das Fensterglas und seufzte. Vorbei, die Flüge und Aufflüge, wie verflogen das alles ist, dachte sie. Aber das Gefühl für Weite bleibt, das schon.

Das Flugzeug verlor sich in der frischen Bläue des Frühlingshimmels. Sie wandte sich jetzt endgültig ins Zimmer zurück. Ehe sie sich wieder an den Tisch setzte, beschloß sie, in die Küche hinüberzugehen und aus der weißen Porzellanschüssel, die gehäuft voll davon war, einen Apfel zu nehmen. Sie rieb ihn am Ärmel ihrer Jacke glänzend, während sie zurückkam, aber es war eine äußerst abwesende Handlung, die Gedanken liefen ihr voraus.

Als sie wieder saß, biß sie in den Apfel und schrieb kauend weiter.

Der Speisesaal sah aus wie ein großes gemütliches Wohnzimmer. Nur wenige gedeckte Tische standen locker verteilt im Raum, auf jedem von ihnen ein Gladiolenstrauß. Die alten Korbsessel waren alle säuberlich angeordnet, außer dir befand sich noch kein Gast im Raum. Du hattest einen Tisch an einem der Fenster gewählt, die alle geöffnet waren und in die Richtung des Sees wiesen. Ich sah dich dasitzen, den Kopf in die Hand gestützt und den Blick hinausschweifen lassend, als ich das Speisezimmer betrat. Dein Profil schnitt sich scharf in die schimmernde Seefläche ein.

Du hörtest sofort meine Schritte auf dem glatten Ziegelboden und wandtest mir das Gesicht zu. Dein Lächeln umarmte mich, ich fühlte, wie es sich von dir löste und mich umhüllte.

Als ich ebenfalls saß, kam ein Mädchen aus der Küche und nahm unsere Bestellung auf, das heißt, deine Bestellung, du fragtest mich, ob mir dieses oder jenes recht sei, und ich sagte zu allem ja. Auch dieses Serviermädchen war ungewöhnlich klein und hatte ein rundes bleiches Gesicht, in das die schwarzen Haare tief hineinwuchsen. Ich hörte euch in dieser fremden Sprache sprechen, ich sah deine Gesten und den Widerschein deiner Worte in deinem Gesicht, und nie würde ich dich dort erreichen können, ich stand an einer Türe und schaute in ein fremdes Haus hinein, das ich nie würde betreten können, obwohl es mich hineinzog, deine Sprache, und du selbst, in dieser Sprache zu Hause, mehr du selbst als im Gespräch mit mir und doch mir so vertraut in beidem, mir schien, daß ich dich in deiner Sprache noch eindringlicher wiederfand, nur ich, nur ich mußte draußenbleiben, davon abgetrennt für ewige Zeit.

»Wie schaust du mich denn an?« fragtest du, als du dich mir wieder zuwandtest. »Ein Blick wie vom anderen Ende der Welt.«

»Das ist nicht unrichtig«, gab ich zur Antwort, »etwas in der Art empfinde ich, wenn ich dich in deiner Sprache sprechen höre.«

»Würdest du sie erlernen wollen?«

»Nein. Sie gehört dir.«

»Nichts gehört uns, laß uns Zuteilungen dieser Art beiseite lassen, meine Sprache gehört mir nicht, auch sie nicht –«

»Aber du gehörst *zu* ihr. Läßt du das gelten?«

Wir schauten uns an und wußten beide, daß wir schneller als gedacht zum Thema gekommen waren. Das Mädchen brachte eine Flasche Rotwein und goß etwas davon in dein Glas. Du nahmst einen Schluck und nicktest, sahst freundlich hoch dabei, dann wurden unsere beiden Gläser gefüllt. Wir hoben sie und stießen an, ein sehr zartes Klingen schwang zwischen uns, da sitzen wir, dachte ich plötzlich, da sitzen wir, wie in jeder Liebesgeschichte dagesessen wird, das Glas heben und innig miteinander anstoßen, auf uns, gehört noch gesagt, wie viele abertausend Filme und Fernsehserien haben Liebespaare schon so sitzen lassen und einander über das Weinglas hinweg anschauen, zärtlich heißt das dazugehörige Adjektiv, aber wir schauen uns nicht zärtlich an, das immerhin nicht, wir schauen uns drohend an. Ja, eine seltsame Drohung lag plötzlich zwischen uns. Während ich einen Schluck trank, ließ mein Blick nicht von dir, es war, als hättest du ihn in dem deinen festgeschraubt. Deine Augen hielten mich unerbittlich fest. Auch du hattest getrunken und stelltest jetzt dein Glas auf den Tisch zurück, gleichzeitig lehntest du dich nahe zu mir her. Ich sah die Dunkelheit hinter deinen Pupillen stärker als zuvor. Jetzt, dachte ich, jetzt kommt es.

»Wir werden nie zueinander gehören, das weißt du. Oder?« Du hattest eine Feststellung gemacht und sie in eine kleine rhetorische Frage auslaufen lassen. Ich konnte dir nicht antworten.

Wie dein Gesicht aussah, hast du mir später oft gesagt, es sah aus, als hätte ich es zertrümmert. Oder als wolle es sich auflösen, es verschwand nahezu zwischen den Haaren, o Gott, wie dein Gesicht aussah! Aber jetzt bliebst du eine Weile still, sagtest nichts von alledem. Ich hielt meine Augen auf die Tischdecke gerichtet und trank den Wein in heftigen Schlucken. Ich wollte etwas sagen, etwas Kühnes, Weltumspannendes, Worte eines reifen, wissenden Menschen, ich wollte etwas sagen, was uns beide herausschleudern sollte aus dieser Erstarrung, etwas Heiteres, wir würden lachen und frei in den Lüften fliegen, hol's der Teufel, hätte ich gerne gesagt, du hast recht, wer gehört wem, wir sitzen uns hier gegenüber, das zählt, sogar der Reim eines Liedes fiel mir dazu ein,

hier und im Augenblick
spielt doch das ganze Stück,

das könnte ich doch sagen, dachte ich, scherzhaft zitieren, vielleicht sogar ein wenig ansingen, ich wollte partout den Schlüssel finden, uns zu befreien, die Suche danach tobte in meinem Kopf. Aber ich saß da mit gesenktem Blick und hörte, wenn ich Wein trank, die Schlucke überlaut durch das stille Speisezimmer tönen, meine Kehle hatte sich verengt.

»Ich weiß«, war schließlich das einzige, was ich mit angestrengter Stimme herausbrachte und ohne meine Augen dabei zu heben. Wieder war ich »sehr klein«, ich wußte es, und wäre so gerne groß gewesen, eine einzige große Geste des Verzichts, der Einsicht, der Lebenslust, alles auf einmal.

Plötzlich zwang ich mich, dich wieder anzuschauen. »Ich will nichts von dir«, gelang es mir zu sagen.

»Doch, du willst etwas von mir«, gabst du mir leise und ruhig zur Antwort. »Sei nicht ehrgeizig, sei nicht tapfer, ich will auch etwas von dir, man ist so geboren, haben zu wollen, was man liebt, und ich bin dafür, ich bin dafür, daß man nimmt. Aber wirklich nimmt, mit allen Sinnen, mit aller Geisteskraft, mit ganzem Herzen, mit Inbrunst und Leidenschaft, was weiß ich, was ich noch aufzählen soll, deine Sprache reduziert mich auf die Vokabeln, die ich weiß, aber versuche mich zu verstehen. Nehmen ist gut und gar nicht so leicht, wie man denkt, wenn man nicht festhalten möchte –«

»Laß diesen alten Hut.« Ich schrie und erschrak über meinen lauten Schrei. Du lachtest. »Was soll ich lassen, einen alten Hut soll ich lassen?« Jetzt lachte ich auch, wir lachen, dachte ich, Gott sei Dank, wir lachen. »Das sagt man so bei uns, zu Dingen, die man ohnehin weiß, das sind alte Hüte. Und daß man nicht festhalten soll, sondern die Hand offenhalten, das ist auch so ein alter Hut. Ich will dich nicht festhalten, ich will dich nur halten, ich möchte bei dir sein, siehst du: Ich will – ich möchte – nein. Neu gesagt: nicht verraten werden.« Und jetzt konnte ich es nicht mehr verhindern, daß mir Tränen in die Augen stiegen und sich aus den Augenwinkeln lösten. Du hobst die Hand und wischtest sie mit der Spitze deines Zeigefingers weg. Dann bliebst du mit dieser weichen Fingerkuppe auf meinem Gesicht, zogst Linien nach, von denen ich nichts wußte, und ich hielt still. Ich spiegelte mich in deinem nachdenklichen Blick. Ich wußte, daß du mich genau ansahst, ohne Erbarmen. Gleichzeitig wußte ich plötzlich die Dunkelheit in der Tiefe deiner Augen zu deuten. Es war Trauer.

»Ich kann mit Trauer nicht leben«, sagtest du, als hätte ich zu dir gesprochen, »der Schatten, in dem du zu wohnen scheinst, ist mir fremd. Trotzdem ist er auf mich gefallen, deine Trauer hat mich erreicht.«

Ich schwieg.

»Ich sah dich eines Abends vor langer Zeit wie in einen Kokon gewickelt unter deinen Schauspielerfreunden sitzen, aber dieser Kokon hat mir deinen Umriß nicht verborgen. Ich habe dich aus der Ferne betrachtet und gewußt, daß wir einander unaufhaltsam näherkommen, nenne es ruhig Hochmut, aber ich blieb ruhig und sah dich an, und ein unsichtbarer Faden zog dich zu mir her. Ich wußte, daß du mich nötig hattest.«

Ich schluckte, schwieg aber weiterhin.

»Es war mein Fehler, zu übersehen, daß auch ich dich nötig haben könnte. Daß wir einander entbehren würden.«

Dein Finger glitt weiterhin weich über mein Gesicht, auch du schwiegst eine Weile, ehe du weitersprachst.

»Ich entbehre dich«, sagtest du.

Die Wege deiner Hand auf meiner Haut begannen zu glühen, glühende Spuren auf meinem Gesicht.

»Ich wollte, daß wir einander nehmen und genießen und uns frei zueinanderfügen, ich wollte dich fliegen sehen, aus deinem Kokon erlöst, ich sah uns vom Wind der Tage vereint oder auseinandergetrieben, planlos, absichtslos, die Weite für uns, nur ja keine –« Du brachst ab.

»Nur ja keine –?« fragte ich leise. Du gabst keine Antwort, wie immer, wenn du zu einer Festlegung aufgefordert wurdest.

Das Mädchen kam aus der Küche, und du lehntest dich in deinem Sessel zurück. Die Gemüsesuppe wurde aufgetragen. Wir nahmen unsere Löffel zur Hand, gehorsam und gleichzeitig. Dabei trafen sich unsere Blicke. Und plötzlich lachten wir. Es stob auf, dieses Lachen, und überfiel uns. Wir lachten, unmäßig, wild und innig. Das Mädchen schaute uns aus seinen schwarzen Augen erstaunt an, ließ sich langsam anstecken und kicherte scheu mit uns mit. Schließlich meintest du, dein Gesicht noch gerötet vom Gelächter: »Ein chinesisches Sprichwort sagt: Das Glück kommt zu denen, die lachen.«

»Darauf.« Ich hob das Glas, mir schien, als höbe ich es über alle Abgründe hinweg zu dir hin, ich hob und hob, ein endloser aufsteigender

Bogen, und du dort drüben. Genau in der Mitte des Himmels mußten wir uns treffen.

Sie hörte auf zu schreiben und schloß die Augen. Ihr schien, als säße sie an dem Fenster zum See hin, der noch tiefer blau geworden war, der Hügel dahinter noch goldener. Sie fühlte die warme Abendluft auf ihrem Gesicht, sie roch Lilien und Wasser. Die Imagination verlängert das Leben, dachte sie, man lebt es vertausendfacht, wenn sie einen begleitet, ich sitze jetzt an einem weißgedeckten Tisch dir gegenüber, ich sitze in einem alten Korbsessel, der leise knarrt, wenn ich mich bewege, nichts kann mich daran hindern, so sitzen zu bleiben und dich anzuschauen, du bist unverrückbar mir gegenüber, solange ich es so will, ich sehe die Spiegelung deiner Wimpern in den Augäpfeln, so nahe kann ich dir rücken, ich kann die Hand heben und dich berühren, die Zeit zurückholen und zur Gegenwart machen. Ich will, daß du lachst, dein verwegenes Raubvogellachen, und du tust es. Ich will dich etwas anderes sagen hören, als du damals sagtest, vergiß den blauen Frotteemantel, vergiß Marias Mantel, sollst du sagen, das hast du geträumt, ich bin hier bei dir, und das für alle Zeit, ja, bis an das Ende der Ewigkeit, und schon höre ich dich, du sagst es. Du sagst es.

Sie öffnete die Augen wieder, fühlte die Kühle des Zimmers und rieb sich fröstelnd die Schultern. Am Tisch lag der angebissene Apfel. Sie nahm ihn und aß weiter, aß ihn krachend auf, mitsamt seinem Kerngehäuse. Dann wischte sie ihre Handflächen am Rock ab und griff wieder zur Feder.

Nach dem Essen gingen wir ans Seeufer hinunter. Es dämmerte bereits, die Landschaft zerfloß in einem dunklen Violett. Nur das Wasser glänzte. Es war immer noch sehr warm, und kleine Frösche sprangen vor unseren Schritten davon. Du legtest den Arm um meine Schulter, und es war, als könne er keinen besseren Platz finden. Alle Flächen und Mulden meines Körpers schienen sich erst in der Berührung mit dir zu vervollständigen, deine Hüfte, dein Arm, dein Atem über mir, es machte mich ganz, ja, zu einer Ganzheit, der es an nichts mehr mangelt. Das Wissen um unser Getrenntsein konnte mich plötzlich nicht mehr erreichen. Der violette Abend, die späte Hitze, immer noch aus der trockenen Erde hochsteigend, und wir zwei uns darin bewegend, langsam, verflochten, die Abgrenzungen aufgehoben. Manchmal schnellte ein Fisch aus der perlmuttfarbenen Wasserfläche hoch und hinterließ Kreise, die sich ausbreiteten und wieder verloren. Wir sprachen nicht. Ich ging dahin auf dem Gipfel meines Lebens, fühlte es unter mir liegen mit all seinen schattigen Tälern und dunklen Abstürzen und liebte es seiner Schwere wegen, gerade jetzt, weil ich in der Höhe war und leicht, vogelleicht. Immer noch flogen sie über den See, die großen weißen Vögel, obwohl es dämmerte, zogen sie ihre weiten Bahnen, und ich fühlte mich ihnen zugehörig. In der Stille konnte man ihr Flügelschlagen und ihre erregten Schreie hören.

Als wir zum Hotel zurückkamen, war die Dunkelheit völlig hereingebrochen. Die Blattpflanzen auf der Terrasse zeichneten sich schwarz gegen die erleuchteten Fenster ab. Die Direktrice lehnte in der Eingangstür, ein Glas Portwein in der Hand, und grüßte lächelnd, als wir vorbeigingen. Du sagtest etwas zu ihr, und sie lachte hell auf, den Kopf leicht zurückwerfend. Aber ich fühlte, daß du nicht wirklich gesprochen hattest, nur ein Reflex deiner Oberfläche hatte reagiert, ich fühlte, daß unsere Tiefen bereits ineinander überflossen. Die Schritte bis zu meinem Zimmer, das Öffnen und Schließen der Türe, die Wahrnehmung des starken Glyziniengeruches, der dunklen Umrisse des Bettes, alles geschah bereits im Zittern unserer Vereinigung. Wir zitterten, weil es ergriff und aufhob. In dieser Nacht vermählten wir uns.

Vermählten wir uns, o Gott. Sie grinste und spürte, daß ihre Augen feucht waren. In was lasse ich mich da ein. Ich lasse mich zurückfallen, werde schrankenlos, wie ich damals war. Schwulst, werde ich wieder sagen müssen, wie ich sagte, als ich mich retten mußte. Aber nun habe ich mich gerettet, bin längst über den Berg, diesen hohen Berg, den Gipfel, den Jubelschrei, überwunden die dünne Luft und der heiße Atem, aber wehe, wer ihn nie bestieg. Also. In dieser Nacht vermählten wir uns. Laß es so.

Das Rascheln der Palmblätter weckte mich auf. Ich wußte vorerst nur von der Wärme und Tiefe, in der mein Körper lag, ausgebreitet. Das dünne Laken schien Haut an Haut mit ihm zu atmen, ich fühlte die Berührungen. Und obwohl ich die Augen noch geschlossen hielt, drangen langsam Bilder des Erwachens in mich ein. Das Zimmer, in dem ich lag. Die Helligkeit des Morgens. Du neben mir. Ich hob die Hand und geriet mit ihr auf deinen schlafwarmen Schenkel, du nahmst es wahr, rolltest zur Seite und umschlossest meine Handfläche mit beiden Beinen. »Gefangen«, murmeltest du. Da öffnete ich die Augen. Ich sah dich daliegen, immer noch schlafend. Ich sah das leichte Pochen in der Mulde unter deinem Hals.

Deine Schläfen schienen weich und geglättet wie Taubenflügel. Meine Hand zwischen deinen Schenkeln begann zu glühen, ich zog sie leise wieder an mich. Dann setzte ich mich im Bett auf. Die Morgenbrise, die die Palme vor dem Fenster hatte aufrascheln lassen, fuhr jetzt durch die hängenden Glyzinien und bewegte sie. Sonnenflecken hüpften durch das Zimmer, Widerschein aus dem tropischen Garten, über dem schon ein heißes Leuchten lag. Ich stand lautlos auf, dehnte meine Arme zur Höhe, streckte meinen ganzen Körper, als müsse ich mir seiner wohligen Ausdehnung bewußt werden.

Als ich dabei war, auf leisen Sohlen in das Badezimmer zu gehen, läutete das Telephon. Das Schrillen fuhr in die Stille wie ein Messer, du schlugst erschrocken die Augen auf und stütztest dich eilig auf beide Ellbogen hoch. »Was soll denn das«, hörte ich dich brummen, und mein Herz klopfte dröhnend. Du krochst über die zerwühlten Kissen zum Bettrand hin, kratztest dich dabei mit einer Hand am Kopf. Mit der anderen nahmst du den Telephonhörer ab. Du schwiegst eine Weile, jemand am anderen Ende der Leitung schien sofort und anhaltend zu sprechen. Die Schlaftrunkenheit in deinem Gesicht wich zusehends einem Ausdruck bedrückter Aufmerksamkeit. Kurz streifte mich dein Blick wie eine

Bitte. Ich ging schnell ins Badezimmer und schloß die Türe von innen. Obwohl ich Wasser in die Waschmuschel laufen ließ, übertönte deine Stimme das Rauschen, ich hörte dich sehr eindringlich in deiner Sprache etwas erklären, ja, es war der Tonfall einer Erklärung, nicht der einer Auseinandersetzung. Und langsam ließ die Heftigkeit deiner Worte nach, du sprachst leiser, einmal lachtest du sogar auf. Die Abschiedsworte klangen zärtlich und ruhig. Dann hörte ich das Klicken, als du auflegtest.

Ich stand vor dem Badezimmerspiegel und schaute mich an, eine Blässe hatte mich erfaßt wie nach plötzlichen Schrecksekunden in einem schleudernden Auto, ja, ich sah aus wie nach einem Unfall. Um irgend etwas zu tun, nahm ich die Bürste und fuhr mir durchs Haar. Die Bürstenstriche knisterten, ansonsten völlige Stille. Schließlich legte ich die Bürste wieder weg und blieb an der Waschmuschel stehen. Ich stand da, als hätte man mich beiseite geschoben, ich wußte nicht mehr, wohin mit mir, der Wunsch, mich aufzulösen, da war er wieder, mich in den Spiegel hinein in dieses blasse Gesicht verlieren und mit ihm gemeinsam vergehen, erlöschen, zu Nichts werden.

Ich hörte das Bett leise knarren. Und dann deine Stimme.

»Kommst du jemals wieder zurück?«

Ich atmete tief ein und zwang mich zu lächeln. Dann tappte ich in das Zimmer, mir war, als könne ich die Bewegungen meines Körpers nur schlecht koordinieren vor Unsicherheit. Du hattest einige Kissen unter deinen Kopf gestapelt und schautest mir ruhig entgegen. Als ich in der Mitte des Raumes stehenblieb, schwankend vor Ratlosigkeit, strecktest du mir deine Hand entgegen und zogst mich an den Bettrand. Ich setzte mich. Mir schwindelte, und ich fühlte, daß ich leicht zu schwitzen begonnen hatte. Am liebsten wäre ich weggelaufen.

»Maria hat angerufen«, sagtest du.

»Ich weiß.«

»Weißt du auch, wer Maria ist?«

»Ich glaube ja.«

»Sie ist ein schützender und schöner Baum, unter den ich immer wieder zurückkehre. Ich wurzle dort.«

»Wie poetisch«, sagte ich und wußte gleichzeitig, daß diese zwei Worte etwas verdarben, etwas entstellten, was bisher unberührt geblieben war. Aber noch wollte ich es so, gerne hätte ich um mich geschlagen, alles zerschlagen, was geht mich sein schöner schützender Baum an, dachte ich, und mein Mund war trocken. Du sahst mich nach wie vor ruhig an, aber deine Pupillen hatten sich verdunkelt.

»Ja«, gabst du zur Antwort, deine Stimme war schärfer geworden, »das war vielleicht zu poetisch gesagt, du hast recht. Sie ist meine Frau, und ich werde sie nie verlassen, das sind die richtigen Worte, oder?«

Jetzt schwiegen wir, und mir floß der Schweiß über den Körper, ich fühlte gleichzeitig alle meine Fassung davonfließen. Weg von all diesen Worten, dachte ich, zurück dorthin, wo sie noch nicht gesprochen waren, wie sie wieder verlieren und vergessen, wie poetisch, warum konnte ich das nicht schlucken, ungeboren lassen, woher diese bittere Wut, und jetzt nur noch der Wunsch, es wäre ungesagt geblieben, warum bleibe ich nicht wenigstens bei meiner Wut. Mir war, als könne ich mich durch Regungslosigkeit in Nichts auflösen. Die Palme raschelte, und Grillen surrten sehr laut. Du lagst in den Kissen, ohne dich zu rühren.

Plötzlich legtest du deine warme trockene Hand über die feuchten Finger in meinem Schoß, ich sah ihn genau an, deinen Handrücken, und hob den Kopf nicht. Du sprachst wieder, aber sehr leise jetzt.

»Es wäre besser, wenn uns gelänge, über das alles wenig Worte zu verlieren.«

»Ja«, sagte ich.

»Ich wollte es nur aussprechen, verstehst du, weil es nichts zu verschweigen gibt, weil niemand einen Pakt geschlossen hat, weil es kein Anrecht gibt und kein Verbot, nur das, was lebt. Aber was am Leben ist, muß man achten und ohne anderes Leben zu verbieten. Spreche ich dir wieder zu poetisch?«

»Nein, aber es schmerzt.«

Du zogst mich zu dir hinunter, und ich verkroch mich in deiner Armbeuge, während du mich fest an dich hieltst.

»Natürlich schmerzt es«, hörte ich dich flüstern.

Ja. Ja. Ja. Sie sprach diese dreifache Bejahung laut vor sich hin und klopfte sich mit den Fingerspitzen leicht auf die Wange, es war, als müsse sie ein eingefrorenes Lächeln aus ihrem Gesicht hinausklopfen. Natürlich schmerzt es. Natürlich. Von nun an der Kampf mit diesem Schmerz, von nun an war er erklärt, wie ein Krieg. Seltsam, dachte sie, seltsam, wie prompt es geschah, wie unabänderlich, der Beglückung so dicht an den Fersen, als gehörte eins zum andern. Und es gehörte eins zum andern, viel Zeit und viel Auseinandersetzung mit mir selbst hat mich das gelehrt, aber damals, in die Wärme deiner Haut hineinverkrochen, dein Flüstern über mir, war ich sofort wieder bereit zum schattenlosen Glück, ich schob die dunklen Gewißheiten beiseite wie eine Staubschicht, nur Staub, nicht mehr. Schon die Berührung deines Körpers ließ mich wieder aufglänzen.

Sie ließ ihre Hand über dem Knöchel kreisen, das stundenlange Schreiben war mittlerweile schmerzhaft fühlbar. Aber sie dachte nicht daran zu pausieren, die Erinnerungen flossen zu heftig.

Wir bestellten unser Frühstück auf das Zimmer. Das große Tablett mit den Kaffeeschalen, dem süßen Kuchen, der Konfitüre und den Toastscheiben stand zwischen uns auf dem Bettlaken, wir lehnten in den Kissen und aßen gemächlich. Der Garten glühte zu uns herein, aber noch schien er die Hitze für sich zu behalten, der Schleier des Glyzinienstrauchs warf einen blauen Schatten.

Ich sah dich breitmundig in ein klebriges Croissant hineinbeißen und den Milchkaffee mit lauten Schlucken hinterherspülen. Du schienst völlig versunken in den Genuß dieser morgendlichen Gaumenfreuden, das konfitürebeladene Toastbrot krachte zwischen deinen Zähnen, du lecktest hingebungsvoll den Honig von deinen Fingerspitzen, und die Kaffeeschale nahmst du mit beiden Händen, wie ein Kind aus ihr schlürfend.

Ohne mich anzusehen und weiterhin kauend und trinkend, fragtest du mich plötzlich, wie ich denn mein Leben hinbrächte, wenn es theaterlos sei, ja, genau so lautete deine Frage: »Wie bringst du dein Leben denn theaterlos hin?«, und du stelltest sie in aller Unschuld, wie mir schien. Ich schluckte den Bissen in meinem Mund etwas übereilt hinunter. »Hinbringen«, sagte ich dann, »du meinst also, ohne Theater müsse ich mein Leben *hinbringen*?« Jetzt hobst du den Kopf und schautest mich erstaunt an. »Ist es nicht so? Sind Schauspieler nicht mehr als alle anderen Menschen existenziell mit ihrer Berufsausübung verknüpft? Und gerade bei dir schien mir diese, wie soll ich sagen, ja: Abhängigkeit besonders elementar zu sein, ich glaube, ich habe etwas in der Art zu erklären versucht, als ich dich spielen gesehen hatte. Irre ich mich?«

Ich trank meine Kaffeeschale leer und wischte mir dann sorgsam die klebrigen Finger mit der weißen, gestärkten Stoffserviette ab, sie roch nach frischer Wäsche und Ordnung, und gleichermaßen mühte ich mich, meine Gedanken zu ordnen. Ich hatte in den stillen Wochen im Garten meines Hauses, das Rollenbuch auf meinen Knien, wohl in diese Richtung hin nachgedacht, aber wie immer floß das Nachdenken durch mich hindurch, ich hatte nicht versucht, es festzuhalten. Trotzdem, ich wußte das, hinterließ dieses Fließen eine Eingrabung und veränderte Ufer, ich werde von Gedankengängen überkommen wie von Gewässern nach starken Regenfällen, etwas verursacht sie, ich lasse sie gewähren, und die Landschaft meines Bewußtseins verändert sich. Nur bin ich nie der Gärtner meiner Gedanken, ich säe sie nicht, schneide sie nicht zurecht, pflege sie nicht, ernte nicht die wohlsortierte Frucht. Jetzt aber fand ich es am Platz, dir durchdacht zu antworten, eine Anforderung, der ich selbst mit Neugier gegenüberstand.

»Ich –«, fing ich an und schwieg dann wieder. Du lächeltest. »Ja, *du*? Wie ist das, Schauspielerfrau?«

»So nennst du mich?« fragte ich entsetzt. »*So*? Das ist eine Bezeichnung meines Elends. Du sprachst von meiner Abhängigkeit, und du hast nicht unrecht, ich verbrachte mein Leben so, symbiotisch in eine Welt verknüpft, die mich am Leben hielt, ich spreche jetzt nicht von der vielzitierten Scheinwelt, nur Unerfahrene nennen sie so, es ist weiß Gott eine Seinswelt. Aber –« Wie sage ich es, dachte ich, wie sage ich es einmal mir selbst so deutlich, daß Worte zu Wegweisern werden, nicht nur Herumtappen in einer undeutlichen Empfindung sind, »– aber – was mir mehr und mehr auffiel und widerstrebt, ist das Phänomen des Ersatzes, alles, was Leben ersetzt –«

Du unterbrachst mich. »Aber was dir da widerstrebt, ist kein Phänomen des Theaters allein, Lebensersatz, wohin man schaut. Und was nennst du

Leben? Wo es so rein und großartig auffinden, daß nichts mehr es ersetzen müßte? O nein, laß da die Leute am Theater sich ruhig mit einem so phantasievollen Ersatz abgeben.« Gesättigt zurückgelehnt, gefiel dir dein Widerspruch, ich fühlte deine träge Lust daran, und sie nahm mir den Ernst.

»Du hast das Theater lieb«, sagte ich lächelnd, »weil es dich nichts angeht.«

»Hast du es denn nicht lieb?«

»Nein.«

Jetzt lachtest du. »Nein?«

Ich sah in dein lachendes Gesicht. »Nein, lieb hatte ich es nie, es war mein Gegner zu aller Zeit, und immer hat es mich reduziert.«

Dein Blick verlor die amüsierte Unbestimmtheit, und ich hielt ihm stand. »Wieso denn das?« fragtest du ungläubig. Ich schwieg. Was hatte ich da nur ausgesprochen. Wie ein lange auf der Lauer gelegener Pfeil war es aus mir herausgeschnellt. Ich lauschte. Ich hörte mich nochmals sagen, es war mein Gegner zu aller Zeit, und immer hat es mich reduziert.

»Nein«, sagte ich laut und strich mir mit beiden Händen das Haar aus der Stirne, als müsse ich sie glätten, »nein, nicht ganz. Das Theater hat mich nicht reduziert, ich habe mich in das Theater hineinreduziert. Genau. Ich habe das Theater meine Welt werden lassen, und das Schlimme ist, daß nahezu alle am Theater das tun, du weißt doch von den Brettern, die die Welt bedeuten, was für ein gefährlicher Spruch, auf diesen Brettern sollte uns die Welt etwas bedeuten.« Immer noch hielt ich mir das Haar aus dem Gesicht, meine Hände waren über der Stirne liegengeblieben. Du hattest deine Arme hinter dem Kopf verschränkt und betrachtetest mich. Ich sprach weiter, wie angetrieben. »Du hast wohl recht, der Theatermensch bringt sein Leben hin, sobald es sich nicht mit dem Theater verbindet. Eine schöne neue Rolle, Bote des Glücks, dazwischen Wartezeiten. Weiß der Teufel, was mich in letzter Zeit so angewidert davon abrücken läßt, ja, angewidert. Die Wochen des Sommers, ehe ich hierherkam, habe ich nicht hingebracht, das weiß ich zumindest. Und warum? Weil ich ein starkes Gefühl dafür bekam, daß ich lebe. Ich habe nichts Besonderes getan, um deine Frage zu beantworten, die Zeit war theaterlos, ja, und ich auch, ich lag in dem Liegestuhl und tat das, was ich nach wie vor gerne tue, meine eigene Vision mit der vorgegebenen Struktur eines Stückes zu verbinden, ein Satzgefüge zum Leben zu erwecken, Worte stimmlich zu ertasten, ich spielte damit, verstehst du, aber ich ließ das Rollenbuch fallen, sobald eine Wolke sich gelb umränderte und aussah wie eine Teerose, dann war das sofort stärker, oder auch anderes, weniger Blumiges, jedenfalls fühlte ich mich plötzlich empfänglich für Impulse reinen, noch nicht verarbeiteten Lebens. Ich genoß ohne Kalkül. Und ohne schlechtes Gewissen. Schluß damit, alles Erleben außerhalb des Erfolgsprinzips als Nebensächlichkeit zu betrachten. Es gab Zeiten, wo ich mir kaum gestattete, aus anderen Gründen in der Sonne zu liegen, als dem einer verschönernden Bräunung meiner Haut, weil es diese Haut war, die ich herzuzeigen hatte, alles, die Haut, das Gesicht, Haare, Körper, alles dienstbar dem, was mich ausmachte: meiner Äußerung. Und immer einer Begutachtung unterworfen und immer einzusehen und immerzu nicht ernst genommen, niemand nimmt Schauspieler ernst, glaub es mir, und wahrscheinlich zu Recht, im besten Fall sind sie Kinder, im schlimmsten Fall Huren. Nein, ich habe das Theater nicht lieb. Aber ich liebe es wohl. Deshalb –« Ich stockte, mir war jetzt heiß, durch das geöffnete Fenster drang Hitze, die Glyzinien rochen sonnenwarm, »– deshalb rege ich mich auf«, schloß ich leise.

Ich lachte, als ich zu dir hinsah, weil dein Blick so selbstvergessen auf mir lag. »Du siehst aus, wie gute Zuhörer aussehen sollen«, sagte ich, »so ein Gesicht wie deines im Publikum zu erspähen, tut wohl.« – »Ich habe dir gut zugehört«, gabst du mir ruhig zur Antwort, »besser als dein bestes

Publikum es je getan hat, denn ich höre dich sprechen, dich, sehr klein und schattig und zum Anfassen – warte nur, ich werde es dir beweisen –«, und du warfst dich plötzlich über mich, auf dem Frühstückstablett klirrten die Schalen und Porzellankannen, ich schrie auf, du spieltest mit mir wie ein Kind, das balgen möchte. Wir rollten auf dem Bett hin und her, du knurrtest, ich kreischte, eine wilde Kindererregung hatte mich erfaßt, ich erinnerte mich an diese Lust gewollten Kampfes, wenn die Überwältigung, die Abwehr und das Entfliehenwollen nur Gesten innerhalb eines alles umschließenden körperlichen Wohlgefühls darstellten, eines Wohlgefühls stürmischer Körpernähe, die einem nichts Böses wollte, aber das Böse nervenkitzelnd spielte, wir ergaben uns diesem Spiel, heißen Atems und aufgelöst, bis wir plötzlich, ineinander verschlungen, vom Bettrand auf den Fußboden stürzten. Wir schrien beide auf und lachten dann haltlos. Du lagst über mir, die Erschütterung des Lachens schien unsere Körper rhythmisch zu verbinden, und dein warm durchblutetes Gesicht, deine Augen und Lippen, feucht vor Lebhaftigkeit, begruben mich unter sich, dein Mund suchte plötzlich den meinen, und unser Gelächter verlor sich im Schweigen. Lautlos löste ich mich auf.

Als ich wieder Gestalt annahm, standst du am Fenster und schautest prüfend hinaus, die Glyziniendolden berührten deine Wange, du schobst sie mit der Hand zur Seite. »Es wird heute noch heißer«, sagtest du und wandtest dich mir zu. Ich lag am Boden. Ich dehnte beide Arme und wäre am liebsten endlos geworden. »Es geht dir gut«, sagtest du lächelnd.

Ich verschränkte die Arme hinter dem Kopf und schaute dich an.

»Ja.«

Apropos, dachte sie, legte die Feder aus der Hand und hob die Arme, als müßten sie die Zimmerdecke erreichen. Als strömte Luft in ihren Körper, so empfand sie. Sie ließ sich langsam wieder in sich selbst zurückgleiten, die Hände in den Schoß fallen. Mit vor Anstrengung leicht verengten Augen schaute sie auf den Tisch, auf die mittlerweile hochgetürmte Menge beschriebener Seiten. Die Sonne war gesunken, der Abendhimmel noch hell. Sie hatte bereits in hereinbrechender Dämmerung geschrieben, warum nur, dachte sie kopfschüttelnd und knipste die Tischlampe an. Es wehte kalt durch das offene Fenster herein. Sie hatte es nicht empfunden bei den Beschreibungen von so viel Hitze und Erhitztsein. Jetzt plötzlich fror sie.

Sie erhob sich und schloß die Fensterflügel, es knallte laut durch das schweigende Haus. Ich muß mir ein wenig die Beine vertreten. Sie verließ das Zimmer und bewegte sich seltsam ziellos durch die anderen Räume. Die Lampen unter den Seidenschirmen hatten den ganzen Nachmittag über gebrannt wie kleine Wachtposten. Jetzt hingen sie gelb und rosig in der dämmernden Ausdehnung des Hauses und erleuchteten es. Sie trat an ein Fenster zur Gasse hin und schaute hinaus. Langsam fuhr ein Auto vorbei, mit bereits brennenden Scheinwerfern, und verschwand dann hinter der Straßenbiegung. Was tun, dachte sie, weiterschreiben? Ich gerate in die zweite Nacht. Aber warum nicht. Mein Leben läuft mir mittlerweile nicht mehr davon.

Sie wandte sich zurück und ging mit entschiedenen Schritten zur Küche hin. Dort bestrich sie ein Stück Brot mit Butter, legte es auf einen Teller, füllte ein Glas mit Weißwein und trug beides, Glas und Teller, zum Schreibzimmer hinüber. Sie knöpfte ihre rote Hausjacke bis zum Hals hinauf fest zu, zog die Wollsocken über die Knöchel hoch und setzte sich wieder an den Tisch. Dann griff sie zum Butterbrot, nahm einen Bissen und las kauend die letzte beschriebene Seite. Bereits abwesend, trank sie einen Schluck Wein, stellte das Glas zurück, und der heiße südliche Tag vor dem Glyzinienfenster drang wieder auf sie ein.

»Wir sollten ans Meer fahren«, sagtest du.

»Ans Meer? Von hier aus?«

»Ja, von hier aus. Man fährt nicht allzulange.«

»Wir haben kein Auto.«

»Macht nichts.«

Dieser kleine Dialog, den wir mit trägen und vor Wunschlosigkeit kaum angehobenen Stimmen führten, hatte zur Folge, daß ich mich langsam vom Boden erhob und zu dir ans Fenster trat. Hinter den tropischen Pflanzen konnte man ein Stück der Seefläche sehen, sie schillerte in den Farben einer Fischhaut. Die Hitze drang in schweren Wellen zu uns her, obwohl die Luft unbeweglich schien, die leichte Brise des Morgens verstummt, kein Rascheln, kein Wehen des Glyzinienschleiers mehr. Es roch nach trockener Erde, und die Grillen surrten laut. Der wolkenlose Himmel war farblos vor Dunst. Du legtest deinen Arm um meine Hüfte, ich den meinen um deine Schultern, wir standen da in nahezu klassischer Haltung, ein Paar. Haut an Haut, dachte ich, Feuchtigkeit ineinanderfließend, Armbeuge und Rundung des Rückens sich berührend wie Ufer und Fluß, untrennbar, eines das andere erschaffend, so stehen wir da, der Zwischenraum zu einer einzigen weichen Linie geworden, Oberkörper, Hüfte, Schenkel, ich fühle dich an diese Begrenzung meiner selbst so unverrückbar angegliedert, daß es sie aufzuheben scheint, angegliedert, ja. Und doch der unsichtbare Riß zwischen uns. Ich legte meinen Kopf seitwärts auf deine Schulter, fühlte die warme Wölbung in das Weiche meiner Wange dringen. Ich preßte sie noch ein wenig fester dagegen, Schulterkugel und Wangenknochen sich fast schmerzhaft aneinander messend. »Was ist los?« sagtest du und zogst gleichzeitig mit der Hand meine Hüfte enger an dich. Und sie wurden ein Leib, und alles konnte sie trennen, nur nicht der Augenblick, dachte ich und schloß die Augen.

»Wir fahren.« Du sagtest es leise und bestimmt und begannst die Hecke unserer Gliedmaßen aufzulösen. Ich ließ es mit mir geschehen. »Als risse man mich von einer warmen Hauswand«, beschrieb ich dir mit weiterhin geschlossenen Augen meine Empfindung und hörte dich lachen. Jetzt stand ich wieder allein und frei im Raum, nur Hitze berührte meine Haut. Hinter meinen Augendeckeln flimmerte es purpurrot. Ich hörte das Springen der Fische vom See her. »Wach auf«, sagtest du. Dann hörte ich deine Schritte sich ins Innere des Zimmers entfernen und das schleifende Geräusch der Kleidungsstücke, die du überzogst. Mühsam hob ich meine Augenlider, das helle Gold und Grün der Palme sprang mich an, von der Sonne ausgezehrte Farben. Auch ich wandte mich in den Raum zurück und suchte in meiner Reisetasche nach dem leichtesten Rock und dem dünnsten Hemd.

Aber auch das half nichts. Als wir nach einer halben Stunde in das Auto der Hoteldirektrice stiegen, ein riesiger schwarzlackierter Wagen mit senffarbener Lederpolsterung, schmiegte sich diese brennendheiß an mich, sobald ich saß. Die kleine, blasse Frau beobachtete unsere Abfahrt vom sicheren Schatten der Veranda aus und lachte wieder hell auf, als sie meinen erschrockenen und zugleich ergebenen Gesichtsausdruck sah. Dieses Auflachen mit zurückgeworfenem Kopf. Wieder nippte sie an einem Glas Portwein. Ihr beide spracht miteinander, und ich konnte nicht umhin, eine Vertrautheit festzustellen. Ich sagte mir sofort, daß du eben schon sehr oft hier gewesen sein mußtest, ein Ort deines Lebens, dir so selbstverständlich wie mir ein Ausflugsrestaurant in den Wäldern um meine Stadt, da spreche ich auch mit dem Serviermädchen wie mit einer alten Freundin, und sie stellt mir die Bratkartoffeln auf den Tisch, ohne daß ich sie bestellen muß. Während ich mir das alles sagte, lehnte ich mich in den gelben Lederpolster zurück, er erinnerte mich plötzlich an eine dieser heißen, gebratenen Kartoffeln aus der Waldschenke, aber nur ganz nebenbei, eine flüchtige Assoziation, meine Aufmerksamkeit hing nach wie vor an deinem heiteren Gesicht und dem weißen kleinen Kopf der Frau, der sich eng vom tiefschwarzen Haar umhüllen ließ und immer wieder zurücksank, mit geblähter milchweißer Kehle und schimmernden Zähnen, als fordere er auf, ihm zu folgen. Warum lacht sie so komisch, dachte ich, wie kann man nur so anhaltend den Schädel zurückwerfen, ohne daß er schmerzt, und dieser kleine dünne Hals, eigentlich müßte er brechen bei so viel Verrenkung, und während ich das noch dachte, wußte ich, daß ich eifersüchtig war. Die Kleidung klebte mir bereits am Leibe, die Hitze im Auto schien mir unerträglich, aber du bliebst in dein vergnügliches Gespräch vertieft, ohne Hast. Es schien dich nicht zu stören, daß mir zumute war, als müsse ich verschmachten, sie steht ja im Schatten, die Haut weiß und kühl, und ich zerfließe hier drinnen, ich werde aussteigen und demonstrativ zum See hinuntergehen, soll er mit der kleinen Frau losfahren, was geht denn da nur alles in mir vor, das will sich losreißen und mich mitspülen, das ist kindisch und würdelos, was denke ich da, schon wieder lacht sie auf mit dieser gurrenden Kehle, was geht mich denn die Kehle dieser Person an, warum nenne ich sie »diese Person«, was hat sie mir getan, ich will nicht, daß du so lange mit ihr redest, sie versteht deine Sprache und ich nicht, und warum seid ihr so fröhlich.

Als du dich schließlich neben mich an den Volant setztest, noch den Rest eines Lächelns im Gesicht, und sagtest: »Aber jetzt«, merkte ich, daß meine Beine zitterten. Ich schob den feucht zerknitterten Rock darüber zusammen und faltete meine Hände im Schoß, um es vor dir zu verbergen. Du ließest das Auto starten, und ehe wir uns in Bewegung setzten, winktest du der Direktrice nochmals zu. Sie hob grüßend das Portweinglas. Ich blieb still und starr sitzen, was dir aber nicht auffiel.

Wir fuhren rumpelnd über den sandigen, von Steinen durchsetzten Weg und bogen dann in die eukalyptusgesäumte Fahrstraße ein. Wieder schlugen die Gerüche des Landes mit der heißen Luft in das Auto. Ich sah dich zum ersten Mal chauffieren. Du benutztest deine rechte Hand nur selten, meist lag sie mit abgewinkeltem Daumen auf deinem Oberschenkel, dicht neben mir.

Sie hörte auf zu schreiben und schloß die Augen. Die Haltung dieser Hand, wie die Finger sich leicht gekrümmt zueinanderlegten, sanfte Bögen, die eine gemeinsame Endung suchten, nur der auswärts gespreizte Daumen, als wollte er den eigenen Schenkel leicht umfassen, wie tief es in ihr inneres Schauen eingebrannt war. Sie hatte die

Feder nicht aus der Hand gelegt. Nachdem sie wieder fähig war, die Augen über diesem Bild zu öffnen, flieg auf, Hand, brauner Vogel, flieg zurück in das Erinnern, schrieb sie schnell weiter. Sie hörte ihre eigenen heftigen Atemzüge.

Du fuhrst nicht schnell. Wir zweigten in anderer Richtung von der Straße ab, als der, die ich von meiner Herfahrt kannte. Im fahlgelben Gras standen die Bäume, voneinander Abstand haltend, als seien sie sich ihres Ausdrucks bewußt. Sie glitten vorbei wie Gesten, schienen hügelweit ins Gespräch vertieft, zimtrote Arme, silbergraues Flüstern. Wacholderbüsche begannen den Straßenrand zu begleiten, Mohn und Wicken. Vögel mit dottergelben Bäuchen flogen immer wieder neben dem Auto hoch. Es war glühend heiß.

Wohl auch deshalb schwiegen wir, um diese Hitze durch Bewegungslosigkeit erträglicher zu machen, wir mieden sogar den Aufwand, Worte zu formen. Ich konnte langsam wieder die krampfhaft im Schoß verschlungenen Hände lösen, meine Beine hatten aufgehört zu zittern. Ich lehnte mich zurück, der warme Fahrtwind fuhr mir über Hals und Gesicht und spielte mit meinen Haaren. Wir trieben gemächlich über die Straßen dahin. Nur selten passierten wir kleine Dörfer, wenige aneinandergereihte Häuser, weiß oder kobaltblau gestrichen, Perlenschnüre vor den Türen hängend. Der Mittagshitze wegen sah man kaum Menschen, staubgraue Hühner schlichen träge zur Seite.

Manchmal wandte ich den Kopf zur dir hin und schaute dich an. In mir saß immer noch der Nachhall eines Erschreckens, der Blick auf dich schien eine Art Rückblick auf mich selbst zu sein, ich versuchte in deinen Zügen meine eifersüchtige Erregung von vorhin zu rechtfertigen, als könne ich in deinem Profil eine beruhigende Erklärung finden. Du sahst mit leicht zugekniffenen Augen auf die flimmernde Straße, dein Haar flatterte sanft, als bewege es ein liebevoller Atem. Du lenktest das Auto so unmerklich, daß es von alleine zu fahren schien, du selbst ein genießender Mitreisender. Ich schaute dich an, Äonen entfernt, hinter unzähligen Horizonten, das Kreisen der Welten zwischen uns, unmöglich, einander je zu erreichen.

Schließlich konnte ich meine Augen nicht mehr von dir lösen, denn du schienst mehr und mehr in dieses ferne Universum davonzugleiten, während mich die Wellen der heißen Luft umschlossen, einschlossen in einen unsichtbaren Käfig. Mir war, als hätte ich selbst die Verbindungsschnur zu dir hin durchtrennt, dich entfliegen lassend wie einen

Luftballon, Tragödien meiner Kindheit, dieser hilflose Schrei hinterher, und nur meine Unachtsamkeit hatte den Ballon von mir getrennt, er verkleinerte sich mit erbarmungsloser Schnelligkeit, nur noch eine kleine erdbeerrote Kugel im wolkigen Himmel, die Kugel zu einem Punkt geworden, und schließlich der gänzliche Verlust, die Auflösung, das Nichts. Ich blieb mit aufgehobenem, tränenüberströmtem Gesicht zurück, Wolkenschatten zogen darüber hin, wir kaufen einen neuen, sagte mein Vater, aber da stampfte ich nur mit dem Fuß auf, stampfte kurz und heftig auf den Asphalt zwischen den Praterbuden, ich wollte keinen neuen. Durch meine Schuld war er entglitten, es gab keinen Trost, für ewig entleert hing der Himmel über mir. Gleichermaßen schienst du mir verlorengegangen zu sein. Mein kurzer eifersüchtiger Haß war wie ein Schnitt gewesen, alle Fäden zwischen uns durchtrennt, und immer klarer wurde mir, während wir ruhig dahinfuhren, daß ich nicht die kleine weißhäutige Frau mit ihrer zurückgebogenen Kehle gehaßt hatte, nicht sie allein, sondern durch ihr Auflachen hindurch dein ganzes, dir vertrautes Leben, von dem ich nichts wußte, und durch alles hindurchschimmernd ein Frauenkörper in blauen, abgetragenen Frottee gehüllt, eine mir unbekannte Form, eine Haut, dir bis in jede Schattierung hinein wohlbekannt, ein Gesicht, dir so nah wie meines, berührbar, warm, für alle Zeit den Raum neben dir besetzt haltend, und ich zu kraftlos, den Raum zwischen uns aufzuheben.

Ich starrte dich immer noch an, hinter deinem Profil wehten die Bäume vorbei. Ohne mir den Kopf zuzuwenden, hobst du plötzlich die rechte Hand von deinem Schenkel und legtest sie in meinen Schoß. »Sei ruhig«, sagtest du. Nicht mehr, nur dieses: sei ruhig. Und mir geschah, worauf ich als Kind vergeblich gewartet hatte, sinnlos und glühend, daß der erdbeerrote Ballon alle Gesetze aufheben möge, denen er unterliegt, und umkehre, zu mir zurückkehre, es geschah mir jetzt, Unendlichkeiten der Ferne gaben dich wieder frei, die Gegenwart schien dich zurückzusaugen, da, da warst du wieder, zur Gänze du, und neben mir.

Wir fuhren schweigend weiter, ich war erschöpft, als hätte ich einen Vulkan durchschritten. Jetzt durchquerten wir auf dammartig erhöhter Straße ein wasserüberflutetes Tal mit leuchtend grünen Reispflanzungen. Frauen arbeiteten gebückt im feuchten Grund, ihre Hüte sahen aus wie bleiche Pilze. Auf der anderen Seite des Tales stiegen dicht mit Olivenwäldern bedeckte Hügel auf. Du nahmst deine Hand wieder an dich und fuhrst jetzt ein wenig schneller, hinter dieser

Hügelkette sei es nicht mehr weit bis zum Meer, sagtest du mir.

Es mischten sich Pinien zwischen die Olivenbäume und begannen ihren Duft beherrschend auszubreiten. Die Straße wurde kurvig, wie eine glitzernde Schlangenhaut wand sie sich in der Hitze hügelaufwärts. Als wir die Höhe überwunden hatten, öffnete sich der Blick in eine leicht gewellte Weite, baumbestandenes, löwengelb begrastes Land, sich im Dunst verlierend. Das Meer, *dort*? fragte ich, und du lachtest nur.

Wir gelangten in ein Dorf, und du hieltst das Auto an, um Zeitungen zu kaufen, es dauert nicht lange, riefst du mir zu und verschwandst in einem schmalen dunklen Laden. Ich blieb sitzen, der Wagen stand im Schatten einiger Akazienbäume neben einer Kirche aus weißgekalktem Stein. Alte Hunde, die Ohren voller Zecken, schlichen an mir vorbei. Ein Vogel, in seinem kleinen Kerker vor die Tür gehängt, sang dennoch, seine Stimme die einzige auf der ausgestorbenen Dorfstraße. Ich lauschte ihm, saß still in diesem großen schwarzen Auto, bis deine Schritte mich wieder ins Leben zurückriefen. Du warfst ein Paket Zeitungen auf den Rücksitz, und wir fuhren weiter, nachdem du mich schnell auf den Mund geküßt hattest, die Stimme der Trauer verklang hinter mir.

Flache Sanddünen begannen die Straße zu begleiten, von Pinien durchsetzt. Es duftete betäubend, in der Hitze schienen alle Gerüche vertausendfacht aufzubrechen. Während ich mir mit einem Zipfel meines Rockes den Schweiß vom Gesicht rieb, hörte ich mich plötzlich unvermutet sagen: »Ich habe Angst.«

»Warum?« fragtest du ruhig und ohne den Blick von der Straße abzuwenden.

»Ich habe Angst, ohne dich nicht mehr leben zu können.«

Ich senkte die Hand auf die Knie zurück und starrte auf den ruhig gelagerten Scheibenwischer vor der Windschutzscheibe, als müsse ich ihn in Bewegung setzen. Das habe ich nicht gesagt, dachte ich, das habe ich nicht gesagt, das ist der unsagbar dümmste Satz auf Gottes Erdboden, das ist mir herausgerutscht, aus Nachlässigkeit, meine Schuld wie beim Kinderluftballon und ebenso ungewollt, nein, das habe ich nicht gesagt.

»Das habe ich nicht gesagt.« Ich kratzte mich am Nacken und schaute dich nicht an. »Das heißt, das wollte ich nicht sagen, das ist zu dumm.« Ich fühlte, daß mein Gesicht rot wurde, die Scham breitete sich aus bis unter die Haarwurzeln, eine Fahrt ans Meer, ein glitzernder, flüsternder Sommertag, und ich gerate von einer Not in die nächste, verwickle mich in mir selbst wie ein Schlingengewächs, mich umschlingend, verschlingend mit eigener Kraft, als wolle ich mich vernichten, diesen hellen Tag vernichten.

Du fuhrst schweigend weiter. Ich sah nur kurz auf deinen Händen, die das Lenkrad umfaßten, die Knöchel weißer hervortreten. Du *wolltest* nicht sprechen, das sah ich. Dann lockerten sich deine Finger wieder, und du chauffiertest in unveränderter Gelassenheit das glühendheiße Auto meerwärts. Ich legte meinen Kopf erneut in die Lederkissen zurück und schwieg jetzt auch. Mir war ein wenig übel geworden, und ich schloß die Augen. Der Wind fuhr über mich hinweg wie ein feuriger Atem, als stünde die Welt um mich in Flammen, und es roch nach flüssigem Harz und brennendem Piniengehölz. Die Schwingungen des Autos wiegten mich, und ich sank in die Tiefe eines Schlummers, als könnte ich dort vergehen. Ich sank und wurde zu Stein, ein Stein mit unzähligen Kanten, es war schwer, mich zu lagern, mich der Umgebung dieses Grundes anzupassen. Nur mein Kopf und meine Gliedmaßen bestanden noch aus Fleisch und Blut, ich trug eine lila Handtasche und hielt sie mir mit ausgestrecktem Arm vom steinernen Leibe, der kantig in der schlammigen Tiefe schlingerte, aber plötzlich schien der Boden aufzubrechen, ein Erdbeben, dachte ich, und es schleuderte mich zur Seite, mich, den

Stein, ich segelte durch schwarzes Wasser, durch flockig in die Tiefe sickerndes Licht, ich segelte langsam in eine Helligkeit hinein, mein Kopf, mein Gesicht bettete sich in weiße Algen –

Ich war gegen deine Schulter gefallen, in den Stoff deines Leinenhemdes, dein rechter Arm hielt mich umfangen, jetzt nicht schlafen, sagtest du, jetzt ist es nicht mehr weit.

Als ich mich aufrichtete, sah ich, daß wir die Asphaltstraße verlassen hatten, du mußtest sehr unvermittelt abgebogen sein. Das Auto schaukelte jetzt auf einem sandigen Weg dahin, du hattest Mühe, die Räder auf den Seitenböschungen zu halten, damit sie nicht in den weichen weißen Sand des Mittelstreifens gerieten und dort einsänken. Die Zweige blühender Mimosensträucher drangen immer wieder durch die geöffneten Fenster, und ich berührte sie mit meinen Händen, die ihren Duft behielten, ich schloß sie um meine Nase und roch daran, eine feine und herbe Süße, wie gut das riecht, sagte ich, und du schautest kurz und lächelnd zu mir her, dann wieder aufmerksam auf die Sandfurten vor dir.

Plötzlich blieben die Sträucher und Wacholderbüsche hinter uns, der Weg senkte sich, an seinem Ende eine kobaltblaue Wand, das Meer! rief ich. So stark und leuchtend und plötzlich trat es mir entgegen, daß ich mich klein machte auf meinem

Sitz, mich in mich zusammenzog, als müsse ich Platz schaffen für Größeres. Ich starrte unbeweglich auf diese näher rückende, den Horizont begrenzende Bläue, du fuhrst abwärts, kleine Steine schoben sich knirschend zur Seite, dann weitete sich der Sandweg zu einem Platz, ein flacher Platz am Rande der letzten Düne, und dort hieltst du an. Man konnte nun einen ausgedehnten Strand übersehen, ein Sandstrand, gegen den das Meer in mächtigen Wogen heranfuhr, eine lange Linie schneeweißer Gischt. Kaum hattest du den Motor abgestellt, hörte man nur noch die dumpfen und gleichmäßigen Schläge und dazwischen das sich nähernde Rauschen der Brandung.

Wir saßen eine Weile still da, ehe wir ausstiegen. Noch zwei andere Autos standen auf der sandigen Plattform. Der Hang der Düne war von fleischigen, dunkelgrünen Pflanzen durchwachsen, dazwischen führte ein Fußsteig abwärts und zu einer Hütte mit kleiner Terrasse davor, schilfgedeckt, ein einfacher hölzerner Zaun zum Meer hin, wie eine knisternde Laube hing sie über dem Strand. Einige Holztische und Bänke standen da, über dem schmalen Eingang der Hütte flatterten Anzeigen für Bier und Eiscreme, aber kein Gast war zu sehen. Wir setzten uns nahe der Brüstung an einen Tisch, Schilfschatten und Meerwind umgaben mich mit einer so plötzlichen und köstlichen Kühle, daß ich aufseufzte vor Behagen, meine Arme weit von mir streckte und dann über den Tisch legte, bis hin zu dir. Du nahmst meine Hände zwischen deine warmen Handflächen, und wir schauten uns an. Der Widerschein des Meeres lag auf deinem Gesicht. Neben uns, in der Tiefe des Strandes, rollten die Wogen heran, versilberte Hügel, und zerbrachen zu weißem Staub.

Aus dem Inneren der Hütte trat ein Mann mit zerfurchtem, dunkelbraunem Gesicht und einer schwarzen Mütze, deren Schirm seine Augen beschattete. Er blieb im Türausschnitt stehen und musterte uns schweigend. Du riefst einen Gruß zu ihm hin, den er erwiderte. Dann stelltest du einige Fragen, die er zu bejahen schien, und nach euer beider Einigung verschwand er wieder in der Hütte. »Ich habe gebratene Sardinen bestellt, Salat und Bier, recht so?« sagtest du, nachdem du dich mir wieder zugewandt hattest. Meine Hände hieltst du immer noch umfaßt. Ich nickte.

»Hör zu«, sagtest du, und ich sah hinter deinen Pupillen diese Dunkelheit entstehen, die ich bereits gut kannte und die ich fürchtete wie den schwarzen Himmel vor einem Blitzschlag, wenn deine Augen sich in dieser Weise verfinsterten, geschah es, weil dein Ernst unerbittlich wurde. Das Meer rauschte und dröhnte, eine Möwe sauste mit gellendem Schrei dicht über uns hinweg.

»Hör zu«, wiederholtest du, und nach einer kleinen Pause sprachst du weiter, »natürlich kannst du ohne mich leben, genauso, wie ich ohne dich leben kann. Aber wir werden niemals wieder ohne einander leben, ohne das Bewußtsein, das wir voneinander haben. Ich weiß schon, daß du etwas anderes meintest, dieses schlichte tägliche Miteinander, das du dir wünschst, das jeder Mensch sich irgendwann in seinem Leben wünscht, dieses: Bleib für immer bei mir, dieses: Ich brauche dich, dieses: Ich kann ohne dich nicht leben, bitte schäme dich nicht, schau mir weiter in die Augen, wir dürfen uns dieser Wünsche nicht schämen, aber sie dürfen uns auch nicht in ihre Gewalt bekommen, sie dürfen nicht über uns zusammenschlagen und uns die Vernunft nehmen.«

Jetzt unterbrach ich dich mit einer Heftigkeit, die mich selbst überraschte: »Aber du besitzt es ja, dieses schlichte tägliche Miteinander! Du hast dich irgendwann einmal von diesem Wunsch überkommen lassen, ohne alle Vernunft, du hast zu jemandem gesagt: Bleib bei mir, ich brauche dich, sprich nicht zu mir wie zu einem kleinen Kind, vielleicht benehme ich mich oft so, aber ich bin es nicht, ich weiß, worauf ich mich mit dir eingelassen habe. Aber du darfst mir den Schmerz nicht verbieten. Ich habe diesen Wunsch nach einem Beisammenbleiben bis in alle Ewigkeit amen nie zuvor gehabt, ich muß ihn über mir zusammenschlagen lassen, und er hat mich in seiner Gewalt, ich gebe es zu. Du willst mich *auch* haben, wie das Gulasch in der Kantine damals, erinnerst du dich –«

Ich hatte gegen das Meerrauschen angeschrien, und jetzt stockte ich. Du sahst mich nach wie vor dunkel an. »Nein, das mit dem Gulasch ist blödsinnig«, fügte ich leiser hinzu, »was ich sagen wollte, ist –«, und dann schwieg ich. Das Schilfdach über uns knisterte in den Windstößen. Einige Menschen liefen unten am Strand entlang, man hörte verwehte Laute ihrer Stimmen heraufdringen. Es lag jetzt ein so starkes Glitzern über dem Meeresspiegel, daß ich nur mit Mühe die Augen offenhalten konnte, kleine silberne Speere schienen auf sie einzustürmen. »Ich weine nicht«, sagte ich schließlich, »es ist das Licht.«

»Überfordere ich dich?« fragtest du, meinen Einwurf nicht beachtend. Ich blinzelte zur Brandung hinunter, ein junger braungebrannter Bursche warf sich tollkühn in die Wogen und spielte mit ihnen, ich beneidete diesen unbekümmerten jungen Körper, der keine Angst zu kennen schien und keine Scheu, sich seiner Kraft so lustvoll bediente. »Schau«, sagte ich. Aber du bliebst bei deiner Frage. »Überfordere ich dich? Bin ich ein Gewicht, das dich niederdrückt, sag?«

Ich wandte mich dir wieder zu. Mir war plötzlich, als hätte mich etwas hoch über mich selbst hinausgehoben, war es das rhythmische Geräusch des Meeres, das Glänzen der tiefblauen Wellentäler, die blendend helle Luft, der unbegrenzt scheinende Himmel, die Endlosigkeit der Wasserfläche, der Geruch nach Tang und Muschel, ich weiß nicht genau, was mich so herausriß aus der Klammer meiner selbst, ich hätte schreien können, ja, einen anhaltenden Schrei ausstoßen. Aber ich sagte nur: »Das alles ist keine Frage mehr, glaube ich. Es ist eine Forderung. Nicht du stellst sie an mich. Sie ist mir gestellt, und nur ich kann sie erfüllen. Laß uns essen.« Der Mann mit der schwarzen Mütze war mit einem hellblauen Plastiktablett an unseren Tisch gekommen, darauf befand sich unsere Mahlzeit, die kleinen gebratenen Fische, zwei Flaschen Bier, Teller, Gläser, in einer Alpakaschüssel der Salat, von Zwiebelringen bedeckt. Ich fühlte plötzlich, daß ich hungrig war. Wir halfen dem Mann, die Sachen auf den Tisch zu stellen, du sprachst zu ihm, und ihr lachtet, immer gelang es dir, Menschen zum Lachen zu bringen, es mußten kleine beiläufige Bemerkungen sein, die etwas sehr genau und humorvoll enthüllten, ich sah die heitere Überraschung, die dem Lachen voranging, ich sah es so genau, weil ich kein Wort von dem verstand, was gesprochen wurde.

Sie wußte nicht, wie spät es war, sie wußte es sowenig wie fast immer in den letzten Jahren. Seit ihre Tage ohne von außen an sie herantretende Verpflichtungen verliefen, hatte sie aufgehört, die Zeit zu belauern. Was sie wußte, war, daß vor den Fenstern mittlerweile stockfinstere Nacht lag, vor allem hier im Schreibzimmer, das sich auf der Gartenseite des Hauses befand. Trotzdem fühlte sie keine Müdigkeit, erstaunlich, dachte sie und legte die Feder neben dem dicht beschriebenen Bogen ab. Dann griff sie nach dem angebissenen Butterbrot und aß es auf, ihren Blick versonnen im dunklen Schatten hinter dem Lichtkegel auslaufen lassend. Er verlief sich wie ihre Gedanken in der Weite des Strandes, den sie, beschreibend, wieder aufgesucht hatte. Die endlosen Horizonte schienen sie zu umgeben, der leicht salzige Geschmack des Windes, vor ihr die weiße Linie der Brandung, meerblau und sandgelb gesäumt. Ob es wohl in jedes Menschen Leben eine Stätte seiner Hoch-Zeit gibt? überlegte sie, nochmals kräftig in das Brot hineinbeißend, einen Ort, wo sich ihm Realität und sehnsüchtigste Vision ein einziges Mal und überraschend in gänzlicher

Vereinigung darbieten, wo kein Wunsch offenblieb, weil die Erfüllung alle Wünsche übertraf? Ich hatte sie, diese Stätte, es war der Strand, an den du mich an diesem glühendheißen, südlichen Sommertag gebracht hattest. Dort, wo das Land aufhört und das Meer beginnt, sagt einer eurer Dichter, du sprachst diese Zeile leise vor dich hin, auf die endlose Wasserfläche hinausblickend. Was heißt das? fragte ich, und du übersetztest es mir. Ich bat dich, es mir nochmals zu sagen, es ist der einzige Satz, den ich in deiner Sprache erlernt habe. Sie trank das Weinglas leer. Dann sprach sie es laut durch die nächtliche Stille: Dort, wo das Land aufhört und das Meer beginnt. Sie lächelte über ihre schlechte Aussprache, auch du würdest lächeln, dachte sie, du fandest es immer verwunderlich, daß ein Mensch der Schauspielerei so sprachenunbegabt sein kann, das ist doch eine Sache der Musikalität, sagtest du kopfschüttelnd, wie euer Beruf auch, ja, euer Beruf hattest du gesagt, mich ganz und gar und mit Haut und Haar dieser Menschengruppe unterordnend, wie ich gewohnt war, daß man mit mir tat, tja, die Schauspieler, oder, diese Schauspieler, auch für dich blieb ich unverändert und für alle Zeit diesen zugehörig, auch und obwohl du mich erkannt und durchschaut hattest, du wolltest, daß ich Schauspielerin sei, auch als ich es nicht mehr war, es gefiel dir, wie es allen Menschen gefällt. Der Schauspieler wird Ausdruck eigener Sehnsüchte, denen nach Verwandlung, dem fremdartig Anderem, dem Spiel, der Maskierung, der öffentlichen Beachtung. Deshalb die seltsame Achtung, die er genießt, seltsam, weil sie sich stets mit Sarkasmus und leichter Abfälligkeit zu vermischen pflegt.

Ich hatte dir das alles an den Kopf geworfen, als du gesagt hattest: euer Beruf, sie stützte den Kopf in die Hände und lachte leise vor sich hin, immer diese schnellen Erregungen, wenn ich mit dir über das Theater sprach oder über das Wesen des Schauspielers, du konntest meine Aufregungen dieser Art nie verstehen, weil du nie verstehen konntest, daß ich mich langsam von diesem Beruf zu trennen begann, daß es mich von ihm ablöste, wie Wasser ein Abziehbildchen allmählich abzulösen in der Lage ist.

Sie stellte das leere Weinglas auf den Teller und trug beides in die Küche hinüber. Ich war nicht so sehr sprachenunbegabt, dachte sie weiter, als daß diese eine Sprache mein Leben ausgemacht hat, von ihr wurde ich geformt, gehalten, beatmet, ich war einfach nicht willens, mich anderssprachig zu äußern, mir bedeutete Sprache mehr als Verständigungsmittel, mir in einem Restaurant ein Beefsteak zu bestellen oder nach der Abfahrtszeit eines Busses zu fragen, dafür fand ich die Ausdruckskraft meiner Hände und Augen stets ausreichend, aber um eine andere Sprache so zu bewohnen wie die meine, mich nochmals mit einer Sprache so tief zu verbinden, dazu schien mir meine Lebenszeit nicht mehr auszureichen. Du hattest gelacht, als ich dir das zu erklären versuchte, faul bist du, das ist alles.

Die Küchenlampe aus Porzellan schaukelte ein wenig hin und her, weil sie dagegengestoßen war, und der Schattenrand schwankte über den Wänden, als führe sie in einem Schiff über bewegtes Wasser. Mit einem beruhigenden Handgriff brachte sie Gleichmaß in die Trennlinie zwischen Hell und Dunkel, die Lampe hing wieder unbewegt über dem Tisch, als sie die Küche verließ. Sie drehte sie nicht ab, der Lichtschein fiel auf das nächtliche Ahornlaub vor dem Fenster. Auch die Türe ließ sie geöffnet, ich sollte später eine heiße Suppe essen, dachte sie, oder heiße Würstchen, etwas Warmes jedenfalls, aber vorerst schien ihr, als wolle sie sich den Appetit auf die zu beschreibende Mahlzeit am Meer nicht verderben, wieder lachte sie vor sich hin, als sie in ihren dicken Wollsocken lautlos zum Schreibzimmer zurückging.

Obwohl ich Mühe hatte, sie zu zerteilen, aß ich die kleinen gebratenen Fische mit Genuß. Beide hatten wir ölig verschmierte Lippen und den hingegebenen Gesichtsausdruck, wie er Menschen überkommt, wenn die Gaumenfreude das Empfinden beherrscht. Manchmal fiel der glasig verschwommene Blick unserer Augen wie durch Zufall ineinander, ungesteuert, während wir kauten, nagten und leckten, und dann drang ein wesenloses Lächeln aus der nach innen gerichteten Aufmerksamkeit hervor, wie ein versonnener Sonnenstrahl aus einer zufälligen Wolkenöffnung. Das kalte Bier trank ich mit gierigen Schlucken. Manchmal schlug mir der warme Wind das Haar ins Gesicht, ich schob es mit dem Handrücken zurück, da meine Finger fettig waren. Ich tauchte Brotstücke in den ölgetränkten Salat, griff mit bloßen Händen nach den Zwiebelringen und der knusprigen Fischhaut.

Die Sonne hatte den Zenit verlassen und begann sich nachmittäglich zu senken, das schräge Licht warf silberne Schauer über die tiefblauen Wellenberge, sie schienen wie aufgerauht vor Frische und Kühle, rollten dröhnend gegen den Strand.

»Wollen wir dann ans Wasser gehen?« fragtest du und wischtest dir gleichzeitig mit dem Handrücken das Fett von den Lippen.

»Wie könnten wir *nicht* ans Wasser gehen?« Ich hatte mein Bierglas abgestellt und lachte dich an. »Jetzt, wo wir hier sind?«

»Ich sehe es mir lieber von hier aus an, hier, im Schatten, bei einem Bier, da liebe ich das Meer, aber als Strandurlauber fühle ich mich fehl am Platz. Außerdem: Meine Großmutter hat uns immer eingeschärft, es sei äußerst ungesund, zwei Stunden vor und zwei Stunden nach dem Essen ins Wasser zu gehen –«

»Also seid ihr nie ins Wasser gegangen!« schrie ich vergnügt.

»Selten«, gabst du zu. Dann riebst du dir die Hände an einer winzigen Papierserviette ab, schobst die leergegessenen Teller von dir und lehntest dich, sanft rülpsend und mit einem Ausdruck des Behagens auf die Lehne deiner Bank zurück. Mit schmalen, lichtgetränkten Augen sahst du zu mir her. »Meine Großmutter saß in einem blaugestreiften Strandzelt, kaum, daß sie den Kopf in die Sonne hinausschob, und dann auch nur, um uns zum Picknick zu rufen, wir mußten alle zu ihr in den Schatten kriechen, es wurde kräftig und stundenlang gegessen und anschließend geruht. Wenn ich früher als von ihr zugelassen auch nur die Zehen ins Wasser schob, schrie sie markerschütternd auf und drohte händeringend vom Zelt zu mir her, als müsse sie mich vor einem unsichtbar und schnell nahenden Tod bewahren, ihre Scheu vor dem Meer, vor einem vertraulichen Umgang mit ihm, hat sie mir auf diese Weise ebenfalls eingepflanzt, ich genieße es, so wie jetzt, in gebührendem Abstand, und gerne lasse ich meinen Blick hinausfliegen in den fernen Meerhimmel, aber euer Gehüpfe, Geschrei, in der Sonne braten, auf bunten sandverklebten Badetüchern lungernd den Tag verbringen, sich die Haut verbrennen und dann ins kalte Wasser stürzen, all das tut keiner, der sein Leben lang mit dem Meer zu tun hat, dem es vertraut ist – ja, mit dem Meer vertraut sein bedeutet, sich vor ihm zu hüten. Es zu kennen erzeugt respektvolle Distanz. Die furchtlosen Sommerbesucher sind allsamt Unwissende. Sie meinen zu erobern und belästigen nur, diese nackten Barbaren, pflegte meine Großmutter zu sagen, sie liegen herum wie Würste im Grillofen, der Schlag wird sie treffen und zu Recht, im Schatten ihres Strandzeltes schüttelte sie erbittert den Kopf und band das Chiffontuch unter dem Kinn fester, weil der Wind hereinstrich, mit einer heftigeren Böe, die die Zeltbahn vor dem Eingang flattern ließ. Ich war gerne in diesem kleinen kühlen Strandhaus bei meiner Großmutter, zwischen ihren Picknickschüsseln und Stickereiarbeiten, ich kuschelte auf einem Plaid und hörte das Meer rauschen.« Du lächeltest zu mir her. »So wie jetzt. Wäre das schön, jetzt auch so ein Plaid zu haben. Und zu kuscheln.« Ein weites und ungeschütztes Gähnen ließ deinen Mund sich öffnen wie einen geröteten Schlund, es glänzte in seinen Tiefen, und gleichzeitig räkelte sich dein ganzer Körper. Nach dieser unverhohlenen Darbietung deiner Schläfrigkeit riefst du laut etwas zur Hütte hin, es schien eine Frage zu sein. Auch ich hatte meine Mahlzeit beendet und blieb jetzt mit dir erwartungsvoll dem dunklen Hütteneingang zugewandt, ohne zu wissen, was es zu erwarten galt.

Der Mann mit der schwarzen Mütze kam heraus, eine alte abgewetzte Decke, die sorgfältig zusammengerollt war, unter dem Arm. Als du diese erblicktest, strecktest du ihm beide Hände wie segnend entgegen, wieder lachtet ihr beide, und laut flogen Sätze hin und her, die ich nicht verstand und die trotzdem auch mich zum Lachen reizten, weil sich der Ausdruck von Witz übertrug. Während ich leise mit euch mitlachte, konnte ich jede Schattierung seiner Gedanken im dunklen verwitterten Gesicht des Mannes erkennen, wie er sich freute, dir behilflich sein zu können, wie er dich schätzte, wie dein Scherzen ihn sein eigenes Stummsein abwerfen ließ, dieses vor der steten und mächtigen Stimme des Meeres Verstummtsein, die Worte brachen ihm aus dem Mund wie Brocken, und das Lachen riß seine engen Lippen auseinander.

Du nahmst die Decke entgegen wie ein kostbares Geschenk, ihr schmutziges Graubraun schien dich nicht zu stören, diese undefinierbare Färbung jahrelangen Gebrauchs, du rolltest sie am Rande der Schilflaube im Schatten aus und strecktest dich mit einem Stöhnen des Wohlbehagens darauf hin. Die Arme unter dem Kopf verschränkt, sahst du mich triumphierend an. Der Mann brachte jetzt noch eilfertig ein Kissen aus der dunklen Tiefe der Hütte, er mußte dort nach weiteren Möglichkeiten für deine Bequemlichkeit gestöbert haben. Es war ein verblichenes rosengemustertes Sofakissen, ebenfalls in dieses Staubgrau getaucht, welches aus Gebrauchsgegenständen des Alltags naturhafte Formen entstehen läßt, Stein, Rinde, trockenes Laub ihnen ähnlich. Du packtest ohne Zögern dieses verwitterte Kissen, und dein Kopf bettete sich wohlig drauf, das bleiche Rosenmuster vermischte sich mit deinem Haar. »Und du?« fragtest du zu mir her, aber die Trägheit deiner Stimme ließ mich ahnen, daß du dabei warst, einzuschlafen, egal, was in der Zwischenzeit aus mir würde. Trotzdem sagte ich dir, daß ich an den Strand hinunterginge, mich von den Befürchtungen deiner Großmutter nicht aufhalten ließe. Dein leichtes Lächeln und das matte Heben deiner Hand schienen bereits nicht mehr mir zu gelten, es war eher, als grüßtest du den dich überkommenden Schlummer, ein Aufseufzen, ein sanftes Auseinandergleiten deiner Gliedmaßen, und du warst eingeschlafen.

Ich blieb noch eine Weile auf der Holzbank sitzen und schaute dich an, dein so furchtlos gelöstes Gesicht mit den schattigen Wimpernbögen. Die Finger deiner rechten Hand, die wie behütend über deinem gesättigten Bauch lag, zuckten leicht, bereits von einem Traum bewegt, was er wohl träumt, dachte ich. In der Unmöglichkeit einer Antwort auf diese Frage ersah ich die Tiefe der Schlucht um jedes Menschen Wesenheit, wir erfahren einander in einem so geringen Ausmaße, kleine inselhafte Andeutungen über verborgenen Kontinenten, versunken in Fremdheit. Ich starrte auf dein schlafendes Gesicht hinunter, das plötzliche Zittern der Augenlider, ein Kräuseln über deine Stirne ziehend wie über stilles Gewässer, all das berichtete von Geschehnissen in der Ferne deiner Traumwelt, und sie ist nicht ferner als die Welt des Wachseins, dachte ich, was schon können wir einander mit Worten berichten, als auch nur Schattenrisse aus den Tiefen.

Über den Tisch gebeugt, mein Gesicht in die Hand gestützt, saß ich da und schaute dich an. Das Meer rauschte gleichmäßig und ließ die Erde erzittern.

Der dunkelhäutige Mann lehnte an der Hüttenwand und rauchte unter dem tief in das Gesicht gezogenen Schirm seiner schwarzen Mütze eine Zigarette. Als ich mich erhob, um an den Strand zu gehen, gab er mir mit einer behutsam in deine Richtung weisenden Geste zu verstehen, daß er dich während meiner Abwesenheit behüten werde, und ich nickte ihm lächelnd zu, eine Brücke aus Einverständnis zwischen uns beiden, die fester zu tragen schien als jedes Wort. Ein rauher und dunkler Schutzengel, so blieb er bei dir zurück.

Ich stieg den Steig am Strand hinunter, die fleischigen bodennahen Gewächse glänzten tiefgrün im Meerlicht. Dann der Sand, glühend heiß, es brannte auf meinen Sohlen, weil er in mein offenes Schuhwerk ungehindert eindringen konnte. Also lief ich zur Brandung hin, wo der ständige Anprall und Auslauf der Wogen den Sandstrand in feuchter Kühle hielt. Dort zog ich die Sandalen aus, die Füße versanken in flach treibenden Wasserflächen, wie Spiegel fuhren sie mir entgegen, glatt und schillernd. Ich hob meinen Rock und ging näher an die aufschlagenden Wogen heran. Das Getöse der zersplitternden Wasserberge umgab mich völlig und durchdringend. Mein Haar, in den Händen der feuchten, salzigen Luft, ringelte sich und trieb mir über das Gesicht. Schließlich hörte ich auf, meinen Rock an mich zu pressen, überließ ihn den Wellen, bis er durchnäßt war und kühl meine Schenkel streifte. Ich wanderte zwischen Brandung und heißem Sand, die schimmernden Formationen auslaufenden Wassers wie ein Kaleidoskop verschiedenartiger Flächen mich begleitend, glatt, gekräuselt, blitzend weiß und schäumend, tiefblau wie Tinte, gerillt, silbern, Schilder aus Metall, das zog um meine nassen versinkenden Füße, ich setzte einen vor den anderen, beschritt ein wechselhaftes dröhnendes Reich. Vor mir verdunstete die leicht gekrümmte Linie des Strandes im Unendlichen, kein Mensch war zu sehen, die Badenden und Spielenden hatten sich zurückgezogen, also wanderte ich dahin, als bewegte ich mich dem Ende der Welt entgegen oder ihrem Anfang und wahrhaft dort, wo das Land aufhört und das Meer beginnt. Ich befand mich im Innersten einer Berührung, das wußte ich, wo Meer und Land verschmelzen und bleiben, was sie sind, endlos voneinander getrennt, im rhythmischen Spiel der Unvereinbarkeit, und ewige Einheit so. Ich setzte mich in meinem nassen Rock in den ebenso nassen Sand, umschlang meine Knie und ließ mich wiegen. Die heranrollende und mich umspielende Welle zog an mir, wenn sie wieder vom Meer zurückgezogen wurde, sie schien heftig nach mir zu greifen, mein ganzer Körper neigte sich diesem Griff, aber ohne nachzugeben. Es roch nach Muschel und Salz.

Sie seufzte auf. Ein anderes Bild wollte sich über das eben beschriebene breiten, sie hatte es zurückgedrängt, aber immer wieder, den auslaufenden Wasserflächen ähnlich, hatte es von ihr Besitz ergriffen. Damals wußte ich noch nichts von dem, dachte sie. Damals war Hochzeit und Ahnung und eine allzeit bereite Seele.

Aber nur einen Sommer später sollte dieser Strand Schauplatz unserer Agonie werden. Wir brüllten wie das Meer. Wir warfen uns einander zum Fraß vor. Ich stieß dich mit meiner Faust. Wir gerieten in Auflösung. Die Brandung warf sich gegen meinen nackten Körper, und ich schüttete das salzige Wasser über mein heißgeweintes Gesicht. Ich grub im Sand, als wolle ich ein Grab ausschaufeln. Wir schrien einander alle Unvereinbarkeit entgegen, bluteten aus allen Wunden. Schließlich lag ich erschöpft, du neben mir sitzend und starrend. Der Wind fuhr über uns hinweg, und das Meer rauschte, dieser Rhythmus wiegte mich wie ein Kind, und fast schlief ich ein. Ich hatte im Halbschlaf die Vision eines kleinen Gartens, gleich über mir, dort, wo die Dünen begannen, ein hölzerner Zaun und Herbstblumen in Rot, Ocker und Violett, Gladiolen, Astern, Dahlien und Frauenschuh – Irgendwann waren wir schweigend den Strand zurückgewandert und vor uns die Linie des Zusammenpralls von

Wasser und Land, endlos, nur vom Horizont aufzulösen.

Sie seufzte nochmals, den Blick in die Dunkelheit des Zimmers gerichtet. Auch diese Agonie führte nicht zum Tode, dachte sie, aber an seinen Rand. Später, im nächtlichen Zimmer des Hotels, hatten wir uns an den Händen genommen, als müßten wir einander aus der Finsternis geleiten, ja, wie Kinder im großen dunklen Wald waren wir dagesessen, dem bösen Zauber entronnen, ermattet.

Sie schob den Sessel zurück und stand auf. Langsam ging sie in das Nebenzimmer hinüber und ließ sich dort auf ein Sofa fallen. Es nahm sie auf mit der Wärme einer Handfläche, eine große rötliche Hand. Sie schloß die Augen. Du immer in dem Gefühl, man wolle dich besitzen. Ich immer in dem, man nehme mich nicht an.

Das Telephon schrillte, und sie fuhr hoch. Es stand auf einem Tisch gleich neben dem Sofa, hatte ihr förmlich in das Ohr hineingeschrien, jetzt schlug ihr das Herz bis zum Hals. Nachdem sie kräftig ausgeatmet und sich ein wenig beruhigt hatte, hob sie den Hörer ab, sagte leise ihr übliches tonloses Hallo.

Der Mann am anderen Ende der Leitung lachte, die Schattenstimme der Schattenfrau, wie geht es ihr denn?

*Du,* sagte sie, mit der langgezogenen, auskostenden Zärtlichkeit, die nur Seltenheit und nicht Gebrauch zu hüten in der Lage ist. Es geht. Nicht mehr und nicht weniger. Ich schreibe nieder.

Er lachte wieder. Das ist schön in eurer Sprache, ich schreibe nieder, klingt nach einem Kampf.

Ist es auch, sagte sie.

Worüber schreibst du? fragte er, die dunkle Bemühung um Teilnahme in seiner Stimme deutlich fühlbar.

Über Trennungen, gab sie zur Antwort.

# Marlen Haushofer im dtv

»Was das Werk der Österreicherin prägt und es so faszinierend macht, ist bei all seiner Klarheit sanfte Güte und menschliche Nachsicht für die ganz alltäglichen Dämonen in uns allen.«
*Juliane Sattler in der ›Hessischen Allgemeinen‹*

**Eine Handvoll Leben**
Roman · dtv 8461
Eine Frau stellt sich ihrer Vergangenheit.

**Die Frau mit den interessanten Träumen**
Erzählungen
dtv 11206

**Schreckliche Treue**
Erzählungen
dtv 11294
»... Sie beschreibt nicht nur Frauenschicksale im Sinne des heutigen Feminismus, sie nimmt sich auch der oft übersehenen Emanzipation der Männer an ...« (Geno Hartlaub)

**Die Tapetentür**
Roman · dtv 11361
Eine berufstätige junge Frau lebt allein in der Großstadt. Die Distanz zur Umwelt wächst, begleitet von einem Gefühl der Leere und Verlorenheit. Als sie sich verliebt, scheint die Flucht in ein »normales« Leben gelungen ...

**Die Wand**
Roman
dtv 12597
Eine Frau findet sich eines Morgens in einem Jagdhaus in den Bergen abgeschnitten von der Welt. – Marlen Haushofers Hauptwerk und eines der Bücher, »für deren Existenz man ein Leben lang dankbar ist«. (Eva Demski)

**Die Mansarde**
Roman
dtv 12598
»Ich habe einen bürgerlichen Mann geheiratet, führe einen bürgerlichen Haushalt und muß mich entsprechend benehmen. Der Abend in der Mansarde genügt für meine unbürgerlichen Ausschweifungen.«

**Himmel, der nirgendwo endet**
Roman
dtv 12599
Ein autobiographischer Kindheitsroman.